희망을 찾는다

마이노리티시선 43

희망을 찾는다

지은이 〈객토문학〉 동인
펴낸이 조정환
책임운영 신은주
편집부 김정연
홍보 김하은

펴낸곳 도서출판 갈무리 **등록일** 1994. 3. 3. **등록번호** 제17-0161호
인쇄 2015년 11월 1일 **발행** 2015년 11월 13일
종이 화인페이퍼 **출력** 경운출력 **인쇄** 예원프린팅
라미네이팅 금성산업 **제본** 일진제책

주소 서울 마포구 동교로18길 9-13 (서교동)
전화 02-325-1485 **팩스** 02-325-1407
website http://galmuri.co.kr e-mail galmuri94@gmail.com

ISBN 978-89-6195-116-6 04810 / 978-89-86114-26-3 (세트)

값 7,000원

* 이 시집은 경남문화예술진흥원에서 제작비를 지원받았습니다.

이 도서의 국립중앙도서관 출판시도서목록(CIP)은 서지정보유통지원시스템 홈페이지(http://seoji.nl.go.kr)와 국가자료공동목록시스템(http://www.nl.go.kr/kolisnet)에서 이용하실 수 있습니다. (CIP 제어번호 : CIP2015029131)

희망을 찾는다

〈객토문학〉 동인 제12집

갈무리

12집을 내며

1990년 '객토'를 처음 만들던 시간이 아득하다. 열정만 있으면 무엇이든 할 수 있었던 시간이 지나갔고, 2000년 처음 동인지 묶음 집을 발간하면서 제법 구색을 갖추게 되었으니 시작하고 10년, 두 권의 기획 묶음 집과 이제 열두 번째 묶음 집을 내게 되었으니 어언 15년이다. 시간과 함께 시대는 빠르게 변해 갔고, 그 시간 속에서 우린 시대의 변화에 맞서, 시대에 의해 소외받는 사람들의 이야기를 글로 표현하고자 노력하였다.

이런 일련의 일들 속에서 우리 스스로 자부심과 비관을 시소처럼 타기도 하였다. 무슨 일이든 한계는 있기 마련, 초심이 그래서 필요한 마음가짐이지만, 말처럼 쉬운 것이 아닌 줄도 안다. 10월 9일 객토의 좌장인 문영규 시인이 긴 지병을 이기지 못하고 생을 다하고 말았다. 처음 부음 소식을 접하고 '객토'의 마지막을 생각한 것은 왜일까.

이번 동인지에는 문영규 시인을 생각하는 동인들의 마음과, 평소 '객토'의 곁에 머물러 주신 이응인 시인의 마음을 함께 담았다. 예상에 없던 일이라, 슬픔만큼 동인지가 무겁다. 그리고 올해 '객토'가 기획한 기획 시와 신작 시를 함께 선보인다. 문영규 시인은 없지만, 문영규 시인의 시 정신은 '객토'와 '객토'를 기억하는 모든 분과 함께 영원할 것이다.

올해는 동인들만으로 동인지를 묶는다. 역시 매년 해 왔던 것과 같이 기획 시를 만들고, 기획 산문을 덧붙인다. 삶이 갈수록 팍팍하다. 열두 번의 동인지 묶음 집을 내면서 한 번도 희망을 이야기하지 않았다. 돌이켜 보면 좀 더 희망적이어도 되지 않았을까 생각도 해 보지만 현실이 그리 만만한 것은 아니다. 그래도 오늘, 우린, 또, 희망을 찾아야 하지 않을까?

동인들이 '객토'에 의기투합한 것이 이십 대, 창창 푸르렀으나 이제는 모두 오십 대가 되었다. 열정만으로 밀어붙이기에는 힘이 부친다. 늘어난 주름살과 희끗희끗한 머리카락, 삶의 무게에 처진 어깨가 말해 주고 있다.

이러한 현실 속에서도 마지막까지 좀 더 나은 세상을 향한 희망을 놓지 않고 생을 마감한 문영규 시인 앞에 모든 동인이 머리 숙여 명복을 빈다.

2015년 10월

〈객토문학〉 동인

차례

2부 공존의 길

3부 갑과 을

부록

1부

문영규 시인을 생각하며

문영규 (1957~2015)

1957년 경남합천 출생. 1995년 제6회 마창노련문학상 수상. 1995년 한국방송대학교 국어국문학과 졸업. 2002년 시집 『눈 내리는 저녁』(갈무리). 2014년 『나는 지금 외출 중』(푸른 사상사). 2014년 경남문화예술진흥원에서 창작지원금을 받음. 1990년부터 〈객토문학〉 동인으로 활동하였으며, 〈경남작가회의〉 회원과 〈일과 시〉 동인으로 활동하였다.

문영규의 시 다시 읽기

별 이야기

도시에서 태어난 네 살배기 딸아이는
아직 별을 모릅니다 아니
아직 가르치지 못했다고 해야 옳겠습니다
벌 그림을 보고 별이라고도 하고
별 그림을 보고 벌이라고도 합니다
그래서 확실하게 별을 보여 주려고
저녁때 딸애를 데리고 옥상에 올라갔습니다

얘야 저기서 반짝이는 것이 별이란다
졸고 있는 듯한 몇 개의 별을 가리킵니다
아빠 그럼 저기서 반짝이는 것이 다 별이야?
가로등이랑 자동차 불빛 네온 불빛을 가리키며
딸아이가 말합니다
아니야 그건 별이 아니고 불이란다
그럼 어떻게 생긴 게 별이야?
하늘 높은데서 아름답게 반짝이는 것이 별이지
그럼 저기 있는 것은 뭐야?
딸아이는 지평선 가까이서 가물거리는 별을 가리킵니다
응 그것도 별이지
치 — 높은데서 아름답게 빛난다 하더니……

난 불빛이 더 좋아

그래 요즘엔 별들이 점점 바래어가는구나
예전엔 별들이 정말 아름다웠단다
지금 별들이 저렇게 희미한 건
우리들의 하늘이 너무나 흐려있기 때문이야
그렇지만 별들은 늘 같은 밝기로 별자리를 지킨단다
무엇보다 중요한 건 저렇게 가까이서 야하게
빛나는 건 별이 아니라는 사실이야

객토문학 1집 『오늘 하루만큼은 쉬고 싶다』(다움, 2000) 중에서.

회양나무 화단

당신과 나는
저렇게 삽시다
날마다 서로에게
살짝 살짝
눈길로 마음으로
가위질해주어
언제나
나지막이 가지런히 삽시다

키 큰 홍단풍나무
바람에 흥건히 나부낄 때도
우리 언제나
나지막이 가지런히
흔들리지 말고

마침내
한 그루인지 두 그루인지
모르도록 촘촘히

객토문학 2집 『퇴출시대』(삶이 보이는 창, 2001) 중에서

오후에

시멘트 바닥에 뒹굴던
씨앗 하나를
흙 속에 묻어 준 적 있었지

씨앗 그대로는
한 개의 가능성일 뿐
아니 한 개의 가능성을 가진
가능성일 뿐
흙으로 가야만 비로소
달성되는 것
아니 달성될 가능성이 있는 것

가볍게 지나친 모든
가능성에게 미안하다

그러고 보니
나는 너무 오래
시멘트 위에서 버티었구나

객토문학 3집 『부디 우리에게도 햇볕정책을』(갈무리, 2002) 중에서

사라지지 않는 함성

— 배달호 동지의 분신

그가 몸에다
불을 지핀 까닭은
그것만이 피할 수 없었던
선택의 공식은
현실의 고통이
불보다 뜨거웠기 때문입니다
그의 현실은
지옥이나 다름없었습니다
아니 지옥의 불가마보다
더 고통스러웠기 때문에
스스로 몸을 태웠습니다

그는 갔지만
오늘
찬바람처럼 살을 에는
비명은 남았습니다
검은 하늘을 찢는
피맺힌 함성에 놀라
아득히 모든 생각이 달아나고
텅 빈 가슴입니다

검게 타버린
절정의 함성
바로 우리의 현실
통한의 절규로부터
이제 우리의 생각은
이 절규로부터 시작돼야 하기에
엄숙한 마음으로
그의 함성을 품습니다

결코 잊어서는 안 될
가슴을 찢는 함성
아
언제까지나
노동의 시간은
강철로 된 무지개*란 말입니까

* 이육사의 「절정」

배달호 노동열사 추모 기획시집 『호루라기』(갈무리, 2003) 중에서

아브 그라이브 포로 수용소

말이 사라졌다
아주 소중한 말
평화라는 말
자유라는 말
인권이라는 말
이제 이런 말들은 다
치졸한 말이 되었다
비겁한 도둑의 말이 되었다

지금 이라크에서는
이 말 때문에
집이 불타고
몇만의 사람이 죽었다

진정한 평화는
아무 말도 않는 것
진정한 자유는
고이 두어두는 것

단순한 왜곡이 아니라

철저히 계획된
평화의 폭격
인권의 살육

이것은 이제
진정한 의미의 세계평화는
자유는 없어졌다는 뜻이다
신세계 질서는
도둑의 질서라는 뜻이다

그래서
이라크 사람들은 이제
도둑들의 애완동물이 되었다

객토문학 4집 『그곳에도 꽃은 피는가』(도서출판 불휘, 2004) 중에서

손 흔들어 주기

어릴 적 시골 길에서
뽀얗게 먼지 날리며 지나는 차를 향해
코는 싸쥐고서도 손 흔들어 주었지
누군가를 향해 늘
손 흔들어 주기
빠르게 지나는 것들에게도
그래도 손 흔들어 주기

일하러 다니며 지나는 창원대로
아침저녁 늘 손 흔들며 다녔지
지난겨울
졸가리로만 서 있던 벚나무들
눈인사 주고받으며 다니는 동안
조금씩 자라고 있었지

누군가에게 손 흔들어 주면
그의 마음도 나의 마음도
조금씩 자라나는 것
서로에게 손 흔들어 주기
그때 시골 길의

버스 아저씨처럼
마주 흔들어 주기

자욱한 추억 속으로 멀어지는
나의 세월에게도
손 흔들어 주기

객토문학 5집 『칼』(갈무리, 2006) 중에서

쌀

'쌀'이라고 말한다
'쌀'이라고 말하고 나니
어머니 얼굴이 떠오른다
'어머니'하고 불러본다

쌀은 살이다 뼈이다
나의 뼈를, 살을 낳으신 어머니
쌀로써 키워주신 어머니
저기 어머니께서 흰 쌀밥을
고봉으로 담은 들 밥을 이고
논둑길로 오신다
쌀은 어머니 마음이다
어머니 젖줄이다

쌀은 세상이다
우리가 자란 고향의 품이다
쌀을 지키자
쌀을 말하자

그 쌀이 지금 불타고 있다

어머니께서 그을린 얼굴로
검은 쌀을 움켜쥐고 우신다
이제 말하자
쌀을 말하자

WTO가 주도하는 FTA
이 막강한 배경을 가진 다국적기업들은
세계 식료산업을 통폐합, 단일화시키고
종자까지 장악해서
인류의 식생활 전체를
완전 종속시키려 하고 있다

이것은 우리 쌀의 사형선고다
우리 논밭에 일식이 시작되는 것이다
빙하기가 시작되는 것이다
우리의 고향을 지키자
쌀을 지키자
쌀을 말하자

쌀을 말하기 위해
잠시 굶기로 하자
절실히 쌀을 느껴보자
더욱 똑똑히 쌀을 보기로 하자

어머니께서 기다리신다
더운 밥 한 그릇 아랫목에 묻어두고
이제나 저제나 하고 기다리신다

한동안 어머니를 뵙지 못했다
굶은 지 이주일째다
아! 어머니가 끓여주신
흰죽 한 그릇 먹고 싶다

한미 FTA 반대 기획시집 『쌀의 노래』(갈무리, 2007) 중에서

소나기 그친 저녁

온종일 쏟아 붓는 호우
연신 번쩍번쩍
터지는 요란한 셔터

하늘께서는
장마 동안 다 못 씻으신 걸
이 팔월에 마저 씻으시려나

그렇잖아도 씻으려던 차
애벌, 중벌, 세벌로 씻어놓고는
햇볕에 온풍기까지 틀어주신다

해 질 무렵
검은 구름 거두어 가시면서도
연신 번쩍번쩍 셔터를 터뜨리신다

손수 씻으신 세상
디카에 담아두시려는 걸까

하늘께서는 그토록 쏟아 부어서

진정 무얼 씻으려 하셨는지……

객토문학 6집 『가뭄시대』(갈무리, 2008) 중에서

희망과 절망

날씨가 시이소를 타고 있다
흐렸다 개었다 한다
건강도 흐렸다 개었다 한다
아직은 흐린 날이 많다

가정 경제도 쭉 흐리다
반대편에 돌덩이를 얹어 놓았나
무겁다 꿈쩍도 안 한다

희망도 흐렸다 개었다 한다
절망도 흐렸다 개었다 한다
그러고 보면 희망과 절망은
막상막하다 천생 맞수다
그렇다면 이 둘은
있어도 그만 없어도 그만

무시하기로 한다

객토문학 7집 『88만원 세대』(두엄, 2009) 중에서

웃음

웃음은 파열되며 터진다 웃음은 나의
살을 찢을 정도로 팡 터지면서 쌓인 먼지나 고인
습내를 확 날려 보낸다 이것은 훈련용 웃음 탄이
아니라 실 사격용 웃음 탄이다

저기 세상의 참호 속에 네가 있다 너는 때 묻은 군복에
구식 칼빈을 멘 채로 끄덕끄덕 졸고 있구나
일 년 삼백육십오 일을 내내 참호 속에 서서
가족들에게는 식량도 겨우 보급하는 너
이웃 참호에 있는 나는
너를 향해 웃음 탄의 안전핀을 뽑는다
너 또한 나의 참호 속으로 웃음 탄을 던져라
날아오르는 살점처럼 아프게 웃자

너와 내가 산화하는 자리에 꽃이 핀다
웃음꽃 으하하하하하 하하하하하하
　우헤헤헤헤헤헤 에헤헤헤헤헤

객토문학 8집 『각하께서 이르기를』(갈무리, 2011) 중에서

영혼의 목소리

“지금 미국을 비롯한
핵무기 보유국들은 당장
전량 폐기하라“
“후회는 어리석은 것
미래를 보고 현명하게 판단하다“

지금으로부터 오백 년 뒤
참혹하게 오염된 이 산하
가엾은 후손의 목소리를 빌어
오늘을 사는 조상님들께 경고하노니

“모든 핵을 전량 폐기하라”

무뇌아로 태어난
후손의 영혼을 빌어 말하노니
핵폭탄이나 핵발전소나
인류를 파멸케 하는 것은
다 마찬가지

어리석음을 뒤늦게 후회 말고

즉각 모든 핵무기와 핵 활동을 폐기하라

나는 지금으로부터 오백 년 뒤 태어난
참혹한 지구
무뇌아의 영혼이다

객토문학 9집 『소』(갈무리, 2012) 중에서

병따개

병마개란 병마개는
다 딸 수 있는 병따개여
든 병이란 든 병은 다
공병으로 만들 수 있는 병따개여
장하도다 흠모하도다

항상 든 병이 문제로다
좀 들었기로서니 든 병들은 다 거만하도다
이런 든 병들은 죄다
공병으로 만들어다오 병따개여

나 또한 든 병이로다
거만하여 든 병이 있도다
든 병으로 투병 중이로다 병따개여
나를 공병으로 만들어다오

객토문학 10집 『탑』(갈무리, 2013) 중에서

돈의 통일

사람들이 계산기를 두드리며
돈을 세고 있다
침을 삼키며
환각의 돈을 세고 있다

돈을 세어 본 뒤
대박이란다
통일은 대박이란다
돈으로 통일을 할 수 있단다
돈 때문에 통일을 해야 한단다
돈의 길을 열어야 한단다
돈의 블록화를 만들기 위해
통일을 해야 한단다

하지만
돈의 통일은 통일인가
사람의 통일은 할 수 없는가
물에 물 타듯 하는 통일
술에 술 타듯 하는 통일
마음의 통일은 어찌 할 것인가

사람들은 돈 통을 두드리며……

돈 통 일

결국에는

돈 통 일

마침내는

돈 통 일

객토문학 11집 『통일, 안녕하십니까』(갈무리, 2014) 중에서

문영규 시인을 생각하며

일하는 사람의 별이 된 시인 이응인

마산역에서

구절초 노민영

이별주를 따르며 배재운

진정성 그 열림을 위하여 이규석

동인 영규 형을 생각하며 정은호

문영규 시인의 영전에 최상해

나가면 밥 한 그릇 사겠네 표성배

가을엽서 허영옥

마지막 부탁 이상호

이응인

일하는 사람의 별이 된 시인

— 문영규 시인 영전에

오늘 새벽, 형님이 떠나셨다는
문자를 받았습니다.

엊그제 정홍 형님과
“추석도 지나고
어느새 10월인데
병원에 한번 가입시다.”
그랬는데
제가 잘못했습니다.

일하는 사람이 주인인 문학
노동자 문학회 만든다고
뛰어다니던 형님을 만난 게
언제였던가요?

무명 시인의 시를 꼼꼼히 읽고
‘객토문학’ 동인들의 글을
제 살붙이마냥 껴안는 모습을 보면서

요 몇 해 형님이 소중히 여기던
'문학의 진정성'이란 게
삶에 대한 사랑이라는 걸
사람에 대한 사랑이라는 걸
이제야 알았습니다.

지난해 여름밤
합천에서 시를 읽으며 지새웠지요.
30년 노동자 생활 접고
투병 중이었지만
화성 주유소에서 하루 네 시간 알바를 하며
'드디어 일하다'는 시를 내밀던
형님을 떠올립니다.

병마가 달라붙어도
안으로 수양이 깊어져
병실에서 마지막까지 잃지 않으려 했던
'일관된 마음'
그 마음 담아 보낸
메시지를 다시 열어 봅니다.

형님이 쓴 시의 온기,
함께 나누려 했던 사랑은
하늘의 별이 되어

쉼 없이 깜박이다가
지상의 어느 골목길에서
걸음을 멈춘 이에게 다가와
따뜻이 등을 감싸며 반짝일 것입니다.

이승에다
≪나는 지금 외출 중≫이란 쪽지 남기고
일하는 사람의 별이 된 시인
문영규 형님
편히 가소서.

마산역에서

아득한 곳으로 문영규 형님 보내고
객토문학 동인들과 낮술을 마시고
마산역 대합실에서 기차를 기다린다.

만남은 곧 헤어짐.
형님이 아주 떠나고
술자리 함께 했던
이규석 노민영 표성배
이상호 시인과 헤어졌다.

헤어짐은 곧 만남.
표를 끊고 바삐 오가는
낯선 얼굴 가운데
착한 형님도 눈물 보따리 형수님도
언뜻 보였다 어디론가 사라지고
나는 또 새로운 슬픔이 도착하는
승강장 계단을 밟아내린다.

노민영

구절초

화장터 벼랑 끝에 핀
구절초

몸 사르도록
가질 수 없는 것 하나쯤은
남겨두고 살아야 한다고
고개를 하늘거린다.

아홉 날에
다 채우지도 못하고
구구절절 말도 없이
하얀 날개를 펼치고 해맑다.

씁쓸한 향만도 못한 세상 맞서며
뿌리마저 쓴 향
속절없는 마디마디 세월
구절구절 넋이
갈기갈기 하얀 꽃잎에 물들었다.

사랑하는 이여
썩지 못하는 그 뿌리
얽히고설킨 시절이 서럽지 않게
언제고
그 순한 꽃잎 환하게 피우소서.

아홉 날 가을마다
남겨둔 사랑이 있는 곳으로
하얀 꽃잎으로 오세요.

당신을 꺾어 나를 채우는
구절초

배재운

이별주를 따르며

—벗이자 스승인 문영규 시인을 보내며

때 이른 가을
국화 만발한 꽃밭 가운데 앉아 있는
당신을 가만 올려다봅니다.
그랬지요.
허심탄회하게 터놓고 말할 수 있어야 한다고
그 순한 눈으로 늘 열정을 토했지요.
그게 세상을 향해 던지는 당신의 소망이고
세상을 향해 풀어놓는 시어들이었죠.
꾸밈없는 순한 삶에서 나온 당신의 시어들은
부드럽고 따뜻해
언제나 착하고 가난한 사람들을 보듬고 있지요.
상대를 먼저 배려하는 몸에 밴 순한 마음씨는
이 세상 마지막 가는 길에서도
아내와 아이들
일가친지 조문객들 달래듯
괜찮아 하고 환하게 웃고 있군요.

당신은 그렇게

몸으로 마지막 시를 쓰고
난 당신의 시에 취합니다.
허심탄회하게
허심탄회하게 서로 사랑하는
당신이 소망했던 세상에서 행복하소서.

이규석

진정성 그 열림을 위하여

—문영규 시인 영전에

2015년 10월 9일 한글날
훌훌 털고 일어나길 바라는
그 간절함마저 저버리고
나는 아직 보낼 준비도 못 했는데

당신은
풍성하고 넉넉한 이 가을을 닮아
잘 익은 벼처럼
자신을 낮추고 숙일 줄 알았고
밤송이를 떠난 잘 여문 알밤처럼
나보다 남을 먼저 배려했던 시인이여

작품토론 때 혹은 술자리에서도 어김없이
詩의 진정성을 토하던 그 열정
지금도 내 가슴속에 따뜻하게 남아있는데
사람과 사람 관계에서도 진정성이 없으면
사회생활이 어려운 게 당연한 것 같이
詩도 어김없이 외면당할 건 뻔하고

문 시인
함께했던 진정성의 시간들
늘 고맙고 감사하게 생각하며
나도 이제 당신처럼
겸손과 배려가 밑바탕이 된
진정한 사회 그 열림을 위해
진정성의 詩 쓰도록 하겠네요

정은호

동인 영규 형을 생각하며

형,
우리가 문청의 꿈을 안고
동인으로 만나 지나온 시간을
헤아려보니
벌써 어언 25년이 흘렀습니다

옛말대로라면
강산이 두 번 변했습니다
지금이야 세월이
그 옛날의 세월이겠습니까 만

지리산으로,
거제 장목 바다로,
합천으로,
거창으로 오가던 기억들,

애써 세상에 내놓았던
동인지

또,
동인들의 시집을 들고
밤새 술잔 기울이던 기억들이
아직도 생생한데

아침 출근길에 받은
형의 소식은
차마 믿고 싶지 않았습니다

압니다
병마와의 동거조차
잠시 몸을
세내어 준 것이라던
형,

분명 천사가 되어
좋은 곳으로 갔으리라
믿습니다

최상해

문영규 시인의 영전에

– 시집 『나는 지금 외출 중』을 읽으며

형광등이 깜박거리던 게
아프다는 소리였구나
좀 더 관심 가져 주지 못해 미안합니다
새까맣게 속이 다 탄 형광등의 등을
가만히 어루만져 봅니다
언제나 선한 웃음을 잃지 않으시던
선생님의 얼굴이 오늘따라 더 선하게 다가섭니다
홍농종묘 차광모자를 깊숙이 눌러쓰고
터벅터벅 골목길을 걸어 집으로 돌아가는
긴 그림자를 따라 걸어 봅니다
슬쩍 스쳐 지나는 바람 한 줄기처럼
하얀 병실을 지키던 그 쓸쓸함의 깊이를
어찌 상상이나 할 수 있겠습니까
무대의 마지막처럼 땅거미가 내리고
누군가는 하루의 노동을 마치고
또 누군가는 하루의 노동을 시작하는 시간이지만
이미 노동을 잃은 하루를 상상해 봅니다
박하 향 같은 하루가 어디에 있을까요

도시가 한꺼번에 불을 밝혀 집어등처럼 밝아도
한 발 쉽게 내딛기가 어디 쉬운 일입니까
이런 날은 쥐며느리같이 동그랗게 허리를 굽히고
수녀님처럼 기도를 올립니다
오늘은 누가 내 사촌처럼 손을 잡아 줄까요
사방으로 퍼지는 박하 향이 있다면
그 뒤를 따라 걷고 싶습니다
터질 듯 속이 꽉 찬 채로 은행나무에 기댄 채
힘들어하는 쓰레기봉투도 비워 주고 싶습니다
자연석 돌계단 틈에 핀 채송화처럼
수줍게 손님을 맞을 준비도 해 봅니다
무어 하나 술술 풀리는 일 없어도
주변이 이렇게 온통 호젓하고 투명하다면
무슨 여한이 있겠습니까
그러나 선생님이 찍어 놓은 마침표를
오늘은 잠시 쉼표로 수정을 해 봅니다
아직 종결어미는 너무 멀어 쉽게 받아들이지 못하는
이 못난 마음들을 헤아려 주십시오
몸에 든 병마저 고이 모셔야 할 도반이라고 하신
그 마음의 깊이를 아직 감당치 못합니다

표성배

나가면 밥 한 그릇 사겠네

— 문영규 형을 생각하며

자동차 경적 소리마저 기가 꺾였구나
떨어진 나뭇잎이 더 빛이 바래고
병원 뒤뜰 붉은 꽃망울들 더욱 붉어지는 오후
형수 눈가를 적시던 이슬을 나는 보았네
사람의 일이라 하늘인들 알 수 있을까
생의 막바지에 더욱 초연해지던 형의 마음을
누가 닮을 수 있겠는가
새소리 정겹다고 느끼던 봄날이 있었고
쓸쓸했던 가을의 공허한 하늘을 보았던 날도 있었으니
여름과 겨울을 말하여 무엇하리
마지막 잡은 손이 따뜻한 것은 마음의 징표
남아 있는 온기가 흰 병실을 더욱 희게 만들던 시간을
누구라도 쉽게 받아들이지 못하는 것은
아직 형이 너무 젊기 때문이다
어쩔 수 없는 체념은 아무 때나 하는 게 아니지만
체념의 깊이가 무겁기 그지없네
"와 주어 고맙네
나가면 꼭 밥 한 그릇 사겠네"

그 약속 이리도 빨리 지킬 줄 몰랐네
함께했던 지난 시간은 잠시 미루어두고
오늘은 형님이 가시는 황톳길
밟고 넘는 태산이 너무 높고 험하지 않기를
아픔이 없는 세상에서 막걸릿잔 앞에 두고
한 손에 붓을 들고
가슴으로 시를 읽으며 바람을 불러 모아
한 세상 염 없이 사시기를

허영옥

가을엽서

—문영규 시인 영전에 올립니다

계절의 변화는 정해져 있지만
항상 우리는 계절이 갑자기 온 것처럼
환절기 몸살을 앓습니다.

그리 머지않은 시간에 선생님을 만났을 때
곧 훌훌 털고 나오실 것이라고 하신 말씀 그대로 믿었는데
2015년 가을도 준비 없이 맞게 하였습니다.

제가 처음 선생님을 만났을 때 그 느낌을 되짚어 봅니다.
달맞이 꽃잎처럼 여리고 ,푸른 하늘 아래 한들거리는 코스모스 같은
좀처럼 경상도 남자에게서 느낄 수 없었던 연약한 느낌으로
약속 없이 지나는 길에 갑자기 만났지요.
만남의 시간이 성숙 되어 갈수록
선생님의 연약함 안에 강한 생명력과
바람 따라 흔들렸지만 중심을 잃지 않았던 바름이 있었고
절박하였지만 그 보다 큰 초연함이 존경스러운 분이었습니다.
항상 같은 듯 다르고, 어디에 기댄 것 같았지만 든든한 기둥이었

던 당신
내가 본 가장 큰 아픔들을 아무렇지도 않게 포용하고
흉내 낼 수 없는 순수한 웃음을 웃을 줄 아시는……

그런 당신께서 기약 없는 긴 가을 여행을 떠났습니다.
첫 만남에서 느낀 당신의 모습을 닮은 코스모스가 한들거리고
높고 푸른 하늘이 풍성한 대지를 포용한 가을의 길목에서
일찍 떨어져 버린 낙엽같이 당신을 준비 없이 보냈습니다.

부디 당신 가신 그곳에선 이곳의 사연들과 아픔 다 내려놓으시고
편안하고 즐거운 여행 하시길 바랍니다.

이상호

마지막 부탁

퀭한 눈
들릴락 말락 한 목소리
그치지 않은 딸꾹질

"내 시집 한 권 부탁한다."

늘 큰소리 한 번 없이
차근차근 애정 어린 목소리
진정으로 살라는 말씀
귓가에 생생한데

사진 속 형님은
말없이 미소로만 반기고 있네요

가만히 생각해 봅니다
왜 저에게 마지막 시집 이야기를 하셨는지
왜 다른 동인도 많은데 왜 저였는지

한 권의 시집을 엮기 위해
아픈 몸을 부여잡고 마지막까지
고민하고 또 고민하는 일
누구보다도 잘 알고 있는데
아마도 형님은
느슨해진 저를 생각하셨겠지요
끝까지 함께 하지 못한 마음
그렇게 한마디 남기고 싶으셨겠지요

그 말씀
그 마지막 말씀이 채찍질이 되어
늘어지는 마음을 잡고
풀린 정신을 잡으며
강요도 당부도 아닌
마음의 부탁
그 부탁 영원히 새겨놓습니다

2015년 기획 시와 산문 /
희망을 찾는다 외 2편 · 문영규

희망을 찾는다

희망의 촛불을 켜자

희망을 갖자

희망을 찾는다

희망을 찾는다 절망의 뿌리를 찾는다
나에게서 너에게서 희망을 묻는다
절망의 뿌리를 묻는다
산하와 바람에게도
절망을 묻는다 희망을 묻는다
날짐승과 들짐승에게도
물어 본다 희망을, 절망의 뿌리를

학원 과외로 늦은 시간 집으로 오는
무거운 가방 처진 어깨의 경진이를
열이레 달님이 내려다본다
달님이 경진이의 등을 토닥거린다
달님이 경진이한테서
천진함을 찾는다 발랄함을 찾는다
맑은 눈빛으로 말하는 꿈을 찾는다

대학 졸업한 지 4년 된 도환이는
아직 취업 준비생
호주에서 어학연수하고 돌아와
자격증도 서너 개, 하지만 아직도

최저임금 알바생
차라리 취업을 포기할까 싶지만
오늘도 이력서 챙겨 원룸을 나선다

그래 도환아 너의 희망을 믿는다
젊은 너의 사랑을, 이상을 응원한다
너에게서 절망의 뿌리를 캐내고 싶다
너의 낭만을 응원한다
뜨겁게 사랑하고 결혼하고 출산하는
너의 장래를 응원한다

"고맙습니다 국밥이나 한 그릇 하시죠
개의치 마시고" 편지 봉투에다 이렇게 쓰고
십만 원 넣어서 탁자에 던져두고는
홀로 생을 마감한 최 씨 할아버지
마지막 순간에도 고맙다는 말
국밥 한 그릇 하라는 말
또 개의치 말라며 오히려 위로하는
최 씨 할아버지는 정이 많으신 분
개의치 않고 먹는 따뜻한 국밥은
평소에 할아버지가 즐겨 드셨던 음식
최 씨 할아버지는 참 겸손하신 분입니다
그런 분이 왜 그러셨어요 왜요?
가슴 따뜻한 분이 왜요?

양극화의 이 땅에서
그 극단에 계셨던 할아버지
최 씨 할아버지의 유서를 읽으며
시대의 희망을 묻는다
절망의 뿌리를 묻는다
쓸쓸함과 음산함을 쓸어내린다
공동체는 왜 할아버지를
감싸 안아 다독이지 못했나
이런 공동체는 진정한 공동체인가?

희망의 촛불을 켜자

OECD가 발표한 통계에서
회원국 중 우리는
자살률 1위, 산업재해 사망률 1위
가계부채 1위, 가장 낮은 최저임금 1위
저임금 노동자 비율 1위
이혼 증가율, 실업증가 폭,
사교육비 지출, 근무시간 많은 국가
공교육비 민간부담 등에서
모두 1위

고령화와 저 출산으로 몇십 년 후에는
한민족이 지구상에서 사라질 거라는데
7포 세대가* 양산되는 지금
우리는 과연 희망이 없나?

희망 없음이란 반드시
공동체의 신진대사를 멈추게 하고
암을 일으켜 사망에 이르게 할
음산한 것
지금 우리가 딛고 선 자리는

절망의 난간인가
희망의 구름다리인가 묻는다
나에게 너에게

희망이 없는 세상은 쓸쓸하다
통일하려고 노력하자
양극화를 없애자
희망의 촛불을 켜야 한다
부자에게 증세하고 복지를 늘리자
젊은이들을 중동으로 내몰지 말고
이 땅에서 일자리를 늘리자
아이들 혹사하는 교육 혁신하고
경제 민주화 정치개혁 말만 하지 말고
제대로 한번 해보자

*7포 세대 : 연애, 결혼, 출산, 대인관계, 취업, 내 집 마련, 취업을 포기한 세대

희망을 갖자

칠월은 장마 기간이다. 장마에는 말 그대로 비가 한 달가량 꾸준하게 내려서 땅을 습윤하게 만들어 주어야 한다. 그런데 근년에 들어서 기후 변화가 심각하다. 장마가 사라져 버린 것이다. 올해에도 장마 기간에 제대로 비가 내리지 않았다. 강원도에는 가뭄에 댐이 바닥을 드러내고 사람들은 기우제를 지내는 등 고통을 겪고 있다. 이런 와중에 나타난 태풍은 정말 반갑기만 하다. '태풍아 제발 우리를 덮쳐다오' 이런 심정이다. 순리가 사라지자 역리나마 기다리는 처지가 된 것이다. 그 태풍 중에도 하나는 목 넘김 할 정도로 비를 뿌렸고 나머지는 빗나가 버렸다. 이제 태풍 소식도 들리지 않고 연일 폭염이 이 땅을 태울 듯이 달구고 있다.

그러나 그보다 더 절박한 폭염이 있다. 바로 삶의 폭염이다. 우리가 사는 이 땅에서는 순리가 사라져 버리고 역리가 대세를 장악하지 않았나 하는 생각을 떨칠 수 없다. 이 시대 모순의 총체적인 단면들을 내포한 세월호 사건을 보면서 또한 그 해법을 싸고 벌어지는 일련의 움직임들을 보면서 역리의 회오리를 느낀다. 통일 대박이라는 말을 하면서 경제 효과의 달콤한 상상에만 취해서 몽롱하게 아무런 계획도 실행도 없이 막연히 북한 스스로 주저앉기만 기다리는 사람들, 그리고 '땅콩 회항 사건'에서 드러나는 대기업 문화의 비인격적 천박함의 수준, '진보당 해산'에서 느끼는 왜곡된 법의 정신과 민주주의, '성완종 리스트'에 오른 이른바 사회지도층 인사들의 뻔

뻔함, 추악함, 이런 현상에서 느끼는 것은 역리가 순리를 삼키고 있다는 것이다. 인터넷에 떠도는 OECD 통계 수치는 더욱더 기막히다. 좋지 않은 지표는 그의 전부 한국이 1위에 있다. 이런 통계가 진실이건 왜곡된 것이 건 그보다 더 앞서는 것은 사회 구성원들의 체감 지수이다. 날씨 온도와 상관없이 느끼는 체감온도가 있듯이 지식이 있건 없건 상관없이 본능적으로 느끼는 사람들의 체감지수가 있다는 것이다. 정부의 정책 발표나 검찰, 법원의 수사나 판결에 상관없이 느끼는 진실의 체감지수는 몸으로 느끼는 것이기 때문에 이 지수에 따라 반응하는 행동 또한 무의식적이다. 경기 체감지수, 부패체감지수, 희망체감지수 등등 사회지도층들이 아무리 진실과 청렴을 외쳐도 느끼는 체감지수가 낮으면 사회는 부패하는 쪽으로 빠져들고 만다. 청문회에 참석하는 정부관료 후보자들의 도덕성 검정이 중요한 것은 바로 이 때문이다. 이런 체감지수들은 사람들의 무의식에서 최종적으로 희망체감지수를 만들어낸다. 희망체감지수가 높다면 열악한 환경에서도 행복하게 견딜 수 있는 것이 사람이다. 전쟁을 겪은 폐허에서도 이만큼 성장을 이루어 낸 우리의 할아버지 아버지들을 보면 너무도 분명한 사실이다. 그러나 지금 느끼는 것은 역리의 회오리 속에서 희망체감지수가 위험 수준에 도달한 듯 보인다.

사교육과 입시관문 앞에서 찌들어가는 어린 학생들, 이들이 느끼는 희망은 어느 정도일까 또한 대학을 졸업하고 들어간 직장에서 이른바 열정페이라는 명목으로 받는 임금의 수준이란 고시촌에 방을 두고 한 달 겨우 입에 풀칠이나 하는 정도였다. 이들 젊은이가 느끼는 희망 체감지수는 어느 정도일까 젊은이들이 느끼는 희망체감지수에서 답이 없다면 우리 사회는 절망적이다. 무슨 일이 있어도 젊은이들에게서 발랄함을 잃게 해서는 안 된다. 사랑하게 하고 결혼하고 출산하게 해야 한다. 꿈을 품고 창의성을 발휘하게 해야 한다.

체감한다는 것은 마음으로 느끼는 일이므로 사회에 영향을 주는 피체감자들은 생각으로서가 아닌 마음으로, 진정성으로 일관해야 한다. 그것이 순리일 것이며 생각만으로, 사사로움에 사로잡힌다면 그 어떤 것도 역리가 되는 것이다.

그러나 그래도 우리는 애써 희망을 선택해야 한다. 그것을 놓아버린다는 것은 너무도 쓸쓸한 일이기 때문이다. 막연한 희망은 사람의 생각을 마비시킬지도 모른다. 하지만 절망은 사람의 생각을 황폐화할 것이 분명하다.

불가에서 말하는 수처작주나 일체유심조라는 말을 들지 않더라도 냉소적인 태도를 돌려서 이웃들과 연대하고 마음을 나누고 뜻을 세워나가는 일을 소박하나마 실천한다면 그 따뜻함 가운데에서라도 분명 희망체감지수가 상승하지 않을까? 절망을 말하기엔 너무도 아쉽고 가슴 저린 일이므로 그러나…… 그래도.

신작 / 개머루 외 5편 · 문영규

개머루

지난해에도

지지난해에도

그 집 담장에

주렁주렁 머루 같은

개머루 달렸네

하지만

개머루는 개머루

그냥

개머루

하루

밤에는 깎지 않는다는 손톱을
낮에 깎으려다
낮 동안 잊고 지내다가
밤 되어 못 깎고
며칠을 밤낮으로
밤인가 낮인가 하다가
그 사이에 자꾸
손톱은 길어나고
밤 생각을 낮에 하다가
낮에 할 일을 밤에야
겨우 끝내고는
길어난 손톱을 보며
낮인가 밤인가 하다가
아침 먹고는 깎아야지 하면서
금세 잊고 저녁 되어서
손톱을 떠올리곤
아침인가 저녁인가 하면서
오늘도 손톱 긴
하루가 간다

화장실에서

'한 발 앞으로 다가와 주세요'

소변기 앞에서 나는

화들짝

나의 엉거주춤을 보고 말았다

딱 한 발짝이었다

하지만

어떻게 다가가는지

알 수가 없다

비둘기와 뻐꾸기

뻐꾹!
뻐꾸기 운다
몇 번 울었나
뻐꾹! 뻐꾹!
두 번 운다
아니 세 번 운다
뻐꾸기는 여름새이면서 겨울새다

구구구구!
비둘기 운다
몇 번 울었나
네 번 운다
아니 사구 삼십육 운다

뻐꾸기는 때때로
'구구엑' 하고 운다
비둘기도 때로는
'구꾹, 구꾹' 하고 운다
비둘기는 텃새이면서
철새다

플래카드

내다 건 말들이
펄럭이고 있다
말들이 펄럭이는 것은
가볍기 때문이다

내 걸린 말들은
올가미를 벗으려
진저리를 친다

절실한 말이라 해도
거리에 내 걸리는 순간
효수되는 말들

도축되는 말들
가여운 말씀들

저녁 별

울타리 밑에 오이 심었더니
오이 수꽃 피었다
오이 수꽃 피더니
오이 암꽃 피었다
오이 맺히더니 또
오이 수꽃 피었다
오이 수꽃 피니
오이 암꽃 피었다
수꽃 기다려 암꽃 피고
암꽃 기다려 수꽃 피고

장마 끝난 저녁 하늘에는
직녀별 기다려 견우별 뜨고
견우별 기다려 직녀별 뜨고

환한 저녁

2부 공존의 길

어떤 배려와 배려

외롭고 그립고 고마워서

일찌감치 왔다
느릿느릿 돌아가는

일주일에 한 끼
동네 사람들 정성으로 만든
노인 무료급식소

오팔 개띠가 오십 여덟에게 묻다

어려울 땐 버팀목이 되어주고
흔들릴 땐 중심을 잡아주던 어른
없다 하네

같이 놀아라 나눠 먹어라
당신은 굶어도 아이 먼저 챙기던 어른
내 아이 같이 다독이고 보듬어 주던 어른
지금은 없다 하네

나라의 미래이고 희망이라 불리던 아이
아이들은 그때나 지금이나
아이답고 사랑스러운데
사람의 도리 일러주던 어른다운 어른은
없다 하네

제 욕심 채우려 편 가르고
아이들 밥그릇이나 빼앗으려는 쩨쩨한 어른
잘못을 잘못이다 말하지도 꾸짖지도 못하고
생각 없이 덩달아 박수나 치는 분별 잃은 어른
어른 아닌

거저 나이 먹은 사람만 있다 하네

내가 나에게 묻네

너는

너는,

어른인가

선택이 아닌 양심의 문제

요즘 모기는 어찌나 빠른지 엥 하는 소리만 들릴 뿐, 눈에 잘 보이지도 않는다고 투덜대는 아내와 모기를 찾아 두리번거리다, 정말 요즘 모기는 빨라진 게 아닐까 생각하다 쓴웃음을 짓고 만다. 나이를 먹다 보니 눈도 나빠지고 움직임도 둔해져 예전만큼 날쌔게 따라잡지 못했을 뿐인데, 모기가 빨라졌다고 쉽게 모기 탓으로 돌리는 내 모습을 보았기 때문이다. 사람들은 대개 자신의 경험을 기준으로 자신의 잣대를 만들어 세상을 잰다. 그리고 그 기준은 나이가 들어갈수록 굳어지고 고집스러워지는 것은 아닐까 하는 걱정도 된다.

요즘 무상급식 차별급식, 아이들 밥그릇을 두고 시끄럽다. 왜 이런 사달이 났는지 도무지 믿기지 않고 부아가 치밀기도 한다. 무상급식이 처음 시행될 때 많은 사람이 좋은 일이라고 잘된 일이라고 박수를 쳤다. 나 역시 아이들을 다 키웠지만 어려웠던 시기를 돌이켜 보며, 학부모의 부담을 덜어주는 참 잘 된 제도라 반가워했었다. 이것은 형평성의 문제도 선택의 문제도 아닌 양심의 문제이기 때문이다. 그런데 지금에 와서 왜 문제인가? 이건 순전히 어른이 어른답지 못한, 어른 부재에서 나온 문제다. 신성한 교육현장에 정치적인 잣대를 들이대고 편을 가르고 정쟁을 일으켜 제 욕심을 채우려는 아주 질 나쁜 의도에 휘둘려 덩달아 박수나 치는 중심을 잃은 어른들의 문제인 것이다.

예전에 우리 어른들은 자신은 굶어도 아이들 먼저 챙겼었다. 너 내 아이 구별 없이 같이 놀아라, 나눠 먹어라, 다독이고 함께 보듬어 주셨다. 그런데 예전보다 잘 살고 물질적으로 훨씬 풍족한 지금은 어떠한가? 한 교실에서 공부하고 한솥밥 먹는 아이들을, 밥값으로 구분하고 차별한다는 건, 어떤 논리로도 억지스러울 뿐이다. 흔히 아이들은 나라의 미래라고 말한다. 우리나라는 세계 최저 수준의 출산율로 인해서 인구가 줄어든다고 걱정을 많이 한다. 평균 수명은 늘어나는데 인구가 줄어든다는 것은 아이들이 줄어든다는 것인데, 그렇다면 그것은 바로 우리의 미래가 없어진다는 것이 된다. 그럼에도 불구하고 한가하게 아이들 밥 먹이는 것 가지고 쓸데없는 논쟁을 하고 있다. 국가의 온 동력을 아이들에게 쏟아야 할 판에……

올해는 58년 개띠가 58살이 되는 해이다. 즉, 전후 가난한 시대에 태어난 베이비붐 세대들이 온갖 격동의 세월을 겪고 이제 어른이 되었다는 뜻이고 나 또한 어른이 되었다는 것이다. 내가 살아나온 과정이 어려웠다고 하지만, 우리 부모 세대만 했겠는가? 편협하게 나만의 잣대로 세상을 재단하는 건 아닌지 줏대 없이 남의 잣대로 세상을 바라보는 건 아닌지 되돌아봐야 할 때다.

멍

노인 쉼터에서 만난
합천에서 오신 김 할머니
저승 꽃보다 검은 멍들
온몸에 남은 흔적 보여 준다

아들에게 맞은 상처
누구에게도 쉽게
보일 수도 이야기할 수도 없어
나날이 깊어가고
피멍울진 자국보다
두드리다 두드리다 진 가슴의 멍
송곳같이 찌르는 아픔
끝없는 깊은 한숨

내가 죽어야지
내가 죽으면 끝나지 하면서도
밥이나 먹는지
아픈 곳은 없는지

술 취해 아무 곳에나 쓰러지지는 않았는지
중얼거리는 말씀

모두가 말을 잃고
떨군 고개 들지 못하고
눈을 훔치고 있다

* 노인 쉼터 : 학대와 버림받은 어르신들을 임시로 보살펴 주는 거주지

방임

초기 치매에 우울증까지 왔다는 전화를 받고도, 직접 찾아가지 못하고 전화만 드리고, 조만간 간다는 전화만 하고 전화를 끊고, 또 전화만 드리다가 울컥, 전화를 끊고.

괜찮다, 괜찮다, 아무 일 없다. 걱정 말고 니 할 일이나 해라. 내 급하면 니한테 전화할 끼다.

저녁에 아이들 모아 놓고 주말에 할머니 집에 꼭 가자며 또 섣부른 약속을 하고, 시간 날 때마다 할머니에게 전화로 안부 물으라며 전화기 얘기를 하다가 나보다 아이들이 먼저 전화를 하는.

불안의 시대에 인성人性을 찾다

어느새 불혹의 나이를 살고 있다. 돌아보지 않아도 숨 가쁘게 앞만 보고 살아온 날들이라는 걸 잘 안다. 단지 먹고 살기 위해 살아남기 위해 살아왔다고 하면 다소 과장 된 표현이 될지 모르겠지만, 사실은 사실이다.

정규직은 명퇴나 정리해고에서 살아남기 위해, 비정규직은 정규직을 원하지만, 그것보다도 안정된 고용의 자리에서 살아남기 위해, 이 시대의 가장들은 가족을 지키기 위해 살아남기를, 살아가기를 위한 안갯속 삶을 선택이 아닌 필수로 받아들이고 있다.

어떻게 보면 우리의 역사에서 수많은 사건이나 기록은 "살아남은 자"의 전유물이 되어 전해져 오고 있다. 이런 살아남기의 시간 속에 나의 어머니는 할머니가 되었고 나는 가장이 되었고 아이들은 미래의 어른들이 되기 위해 오늘도 여전히 잘 자란다.

그 속에서 이 시대는 언제부터인가 "인성(人性)"이라는 표현을 쓰고 있다. 과연 인간다운 성품(性品)은 무엇인가? 이 자본의 시대에 인간다움은 무엇인가에 관해 이야기하고 있는 것이다. 부끄러운 현실이지만 사회는 진화와 발전의 틈에서 정작 추구해야 할 기본을 놓치고, 자본의 대세에서 신 자본을 추구하는 정례화 되고 써먹기 좋은 부속적인 인간상을 추구하다 이젠 그 또 한 사회문제의 한 부분으로 희석하는 본말전도(本末顚倒)의 사회를 만들어 가는 현실이다.

과거 몇십 년 전만 하더라도 인성(人性)은 저절로 만들어지고 누구나가 기본으로 가지고 있는 본성이라 생각해 그리 문제 된 것은 없었다. 그러나 지금은 각 학교나 어린이집, 유치원 등 아이들을 상대로 하는 교육에 대해서는 인성교육을 요구하는 시대가 되었다.

우리는 알고 있다. 대가족 안에서의 우리는 할아버지, 할머니, 부모, 아이들의 삼대에 걸쳐 어른을 공경하고 모시고, 존중하는 법을 말이 아닌 행동으로 습득하였고 그 시대에는 인성이라는 표현이 낯설기만 했는데 핵가족화된 시대에서는 개인주의와 이기주의의 팽배로 부모가 자식을 고발하고 자식이 부모를 고발하며, 늙은 부모를 모시기 싫어 방임하고 외면하고 있으며, 심지어 폭행이 일상화되어 가족관의 의미가 깨어지고 있다. 또 한 늙은 부모는 자식들에게 피해가 된다며 자살을 선택하고 있고, 가장들은 가족들의 생계를 책임지기 위해 동분서주하고 있으나 노부모까지 책임지기에는 힘든 삶 속에서, 아이들은 시험과 성적에 쫓겨 아이들다운 삶을 살지 못하고 불안의 삶을 사는 중이다.

이렇듯 이 시대의 노인 문제는 통합적인 관점에서 바라보는 시각이 아닌 편을 나누어 각개의 초점을 두고 바라보는 시각인데 여기서 노인 문제는 노인을 잉여세대로 여기고 사회적으로 무의미한 존재, 무성적인 존재로 인식하여 깎아내림으로써 가족근간의 분열과 나아가 사회분열의 불안으로 치솟게 되며 오랜 전통과 질서가 무너지는 아노미 현상을 부추기게 되는 것이다.

이 사회에서 노인 문제가 제기 된 것은 어제오늘의 일이 아니다. 가족의 중요성에 대한 문제도 어제오늘의 일이 아니다. 아이들 교육 문제도 어제오늘의 일이 아니다. 인성(人性)이라는 표현이, 인성(人

性)이라는 근본적 문제가 나온 것도 바로 우리가 지켜야 할 가치관을 지키지 못해 생겨난 것이다.

위에서 흐르는 물이 아래로 가며, 새롭고, 맑고, 깨끗한 물이 흐르게 하듯이 우리가 이 사회가 가족의 중요성에 대해 고민하고 노인 문제에 더 깊은 생각과 통찰로 바라보지 못하면 노인 문제가 노인 문제로만 그치는 것이 아니라 이 시대의 가족의 해체, 나아가 사회의 분열로 이루어지며 수많은 사회문제와 미래의 불안감만 증폭시킬 수 있을 것이다.

동네를 다닐 때 어른이면 누구에게나 문안 인사를 드리며, 머리를 쓰다듬어 주시던 그 따스한 손길이 그리워지는 것은 아직도 어머니가 살아계시고 가끔 만나 뵙는 동네 어른들도 반겨주시기 때문이리라.

* 2014년 12월 국회를 통과한, 인성교육을 의무로 규정한 세계 최초의 법, 2015년 7월 21일 시행된다.

갑과 을 1

— 관행

물량을 주는 거래처는 갑이고
물량을 받는 나는 을이다

물량에 매달려 살아야 하는 나는
틈틈이 정해진 제품 단가까지 깎자 해도
조바심의 살림살이에 거절할 수 없고

모르쇠의 괘씸죄 겁나
처가댁 사촌까지 저절로
숟가락 숫자까지 알아졌고

명절 때마다
각종 회사 행사 때에도
차 떼이고 포 떼이고

졸로만 사는 나도
나보다 약한 사람들 혹은 후배까지
벼룩에 간 빼 먹는

구린내 나도록 창피한 저 갑질
당연시 하는 것은 아닌지

갑들의 거들먹거릴
그 뺀질뺀질한 갑질 앞에
을들은 또 얼마나
쫄쫄 굶아가며 살아야 할까

갑과 을 2

— 호칭

오랜만에 가족들과
큰 맘 먹고 외식 가는 길
불길하게도 전화가 운다

아이쿠 사장님
우째 시간이 나던 모양 입니더
자 한잔 받으소
잔을 받는 순간
알콜 도수 높은 저 빈 병들
이럴 땐 계산해야 할 사장님 되고

작업할 가공 여유 너무 많이 남겨왔다 해도
다른 회사제품이 급해 조금 미루자 해도
납기가 너무 촉박하다고 해도
"야" 혹은 "어이"로
사장님도 아니고 노동자도 아닌
양심과 인격도 무시당해야 하는

이래서 포기해야 하고
저래서 포기하며

간과 쓸개도 떼놓고 사는
나는 과연 사람일까

상생을 통한 공존의 길

자본주의는 계급의 사회이다. 그 계급 중에 같이 존속할 수밖에 없는 갑과 을이 있다.

다시 말해 갑은 권력과 힘이 강한 부류들이고 을은 소시민적 삶을 사는 약한 서민들이다. 빈부의 격차가 더욱 심해지고 있는 지금 입으로는 상생을 위해 최선을 다할 것이라고 말하지만 이제 그 말을 믿는 사람은 극히 드물다. 갈수록 갑과 을의 골은 더 깊어지고 사회 전반에서 갑질이 도를 넘어 저럴 수가 할 정도로 이맛살을 찌푸리게 하는 걸 보면서 어떻게 믿으라 한단 말인가. 또한, 입만 벌리면 상생, 상생을 통한 공존이라 하지만 실제로 갑과 을이 톱니바퀴처럼 맞물려 잘 돌아갈 때 상생이 되고 공존이 될 것이다. 그래서 이 자본주의가 그 상생과 공존을 바탕으로 더욱 발전된 양질의 모습으로 나아갈 것인데 전반적으로 평등에서도 당하고 형평에서도 엄청난 고통을 안는 것은 을들뿐이다. 갑과 을의 길에서 서로 고객의 입장으로 만나야 하지만 작금의 세태로는 도저히 그런 만남은 불가능한 것이다. 해서 자기 이익만 추구하려는 갑들의 갑질이 먹고 살기 위해 사람으로 갖추어야 할 구실들을 내려놓아야 하는 을이 되길 바라고 있는 한 이 갑질의 무질서 혹은 횡포가 사회의 불안을 조성할 것은 불을 보듯 뻔하다. 사람 위에 사람 없고 사람 밑에 사람 없다는 말이 무색해진 이 사회는 권력과 힘(돈)만 난무하는 약육강식 즉 동물의 왕국이 되어가고 있다.

자기 배만 채우려는 동물들의 그 1차원적인 의식들이 사람과 사람 사이에 두꺼운 벽을 만든 것이다. 남을 생각하는 배려의 마음이 없다면 서로의 상생은 바랄 수 없는 건 당연지사이다.

갑과 을의 관계가 어떤 형태이어야 하는지 실제 경험한 일을 소개해 보겠다. 내가 사업을 시작한 지 얼마 되지 않을 당시 사회생활로 통해 이미 알았던 동생이 사장으로 있는 공장과 거래를 하게 되었다. 사업 초기라 어려울 때인데 정말 많은 도움(물량)을 받아 살림의 어려움을 해결하게 된 건 사실이다. 그렇게 1년이 지나갈 때쯤 이 사장이 저녁 약속을 해왔다. 왜 하고 물으니 저녁을 같이 한번 먹자 한다. 그렇게 약속을 해놓고 곰곰 생각을 해봤다. 갑자기 왜 저녁을 먹자 할까 혹여 봉투를 바라는 암시일까 다른 업자들께 자문하니 그것도 모르고 있었느냐며 당연히 봉투를 준비해 가는 게 상식이라며 나에게 핀잔까지 얹어주는 것이었다. 해서 주머니에 준비를 조금 해 정해진 장소로 나갔다. 여러 업체 사람이 모여 있는 가운데 사장이 일어서더니 여러분들의 협조로 우리 회사가 양품으로 납기 어기지 않고 납품할 수 있었기에 감사한 마음으로 저녁 대접을 하는 것이니 즐겁게 먹으라 한다. 서로 눈치를 보며 술 한잔 하고 있을 즈음 이 사장이 나를 조용히 불렀다. 나는 속으로 올 것이 왔구나 하고 따라나섰는데 사장 왈 자기는 다른 약속이 또 있어 지금 나가야 하므로 나보고 2차로 노래방 가서 저 사장님들과 즐겁게 노시라며 나에게 봉투를 건네는 것이다. 그러면서 밥값을 계산하고 갔다. 나는 한 대 퍽 얻어맞은, 그래도 아주 기분 좋은 생각이 들면서 주머니 속의 봉투가 어찌나 부끄럽게 느껴졌던지. 실제로 이런 갑의 회사에 정말 바쁜 일이 생기면 을의 회사에선 밤잠을 설쳐가면서도 급한

제품을 가공해줘 납기를 지켜줄 것은 확실한 것이다.

이게 갑과 을의 상생이구나. 서로를 고객으로 대우하는 이게 공존이 아닐까.

이 땅에도 이렇게 갑과 을이 톱니바퀴처럼 서로 원활하게 잘 맞물려 돌아갈 날을 손꼽아 보면서 또한 이런 형태의 내 경험처럼 서로 상생(갑과 을)의 공존이 유행처럼 번져 실 생활화 된다면 상생의 삶은 저절로 열리게 될 것이다.

담쟁이 앞에서

네 꿈은 무엇일까
죽자고 앞만 보고 가는 것을 보면
꼭 대학진학을 꿈꾸던 내 아들 같다가도
가만가만 제 길만 가는 것을 보면
신의 말씀을 들은 구도자 같기도 하다
시멘트벽이나 바위나 척박한 환경에서
사투를 벌이고 있는 것을 보면
꼭 EBS 극한직업에 나오는 노동자들 같기도 하다가
온몸으로 밀양의 산과 들을 지켜내려는
밀양 송전탑 어르신들 같아서
네 꿈이 무엇이든 네 앞에만 서면
나는 한 발 내딛는데도
천근 같은 겸손한 마음이 먼저 생긴다

쓸쓸한 문장

쇠사슬로 몸뚱이를 묶어가며 저항하고
한전 용역에 날마다 밀리고 끌려나가던
그 뜨겁던 여름

"병든 남편과 이대로만 살게 해주세요"
대항리 구화자 어른 한 편의 글이
슬프고 쓰리고 아프다

이대로만 살게 해달라고
이대로만 살게 해달라고

산 중턱에 나무들이 잘려나간 자리에
송전탑은 산보다도 높고 커다란 몸짓으로
우뚝우뚝 세워져 가고

"할매가 간다"는 문장을 세웠던
밀양역 광장에 가득한 촛불의 함성들
까맣게 까맣게 잊혀져간다 해도

오늘도 여전히 할매는 간다

기억

누구에게나 기억이 있다. 그 기억이 치명적인 약점이 되어 평생을 짊어지고 가는 기억이 있는가 하면 아름다운 추억의 기억도 있다. 밀양 하면 송전탑, 송전탑 하면 할매할배 하는 기억은 나에게 하나의 치명적인 약점 같은 기억이 되었다. 그 기억에서 벗어나지 못해 밀양송전탑 반대 촛불 문화제 200회 기념 및 6·11 행정대집행 1주년 기억 문화제에 다녀왔다. 잊지 말고 기억하기 위해 모인 사람들 틈에 앉아 기억을 새롭게 새겨 본다.

'할매가 간다' 그 서막은 목숨이었다. 조상 대대로 내려온 고향 산천을 지키겠다는 일념, 보상금도 필요 없다. 지금처럼 그냥 조용히 살게 해 달라는 바람, 이 작고 소박한 소망이 이치우 어른의 목숨을 앗아갔고, 평생 땅만 보고 살아온 할매할배들 삶을 송두리째 바꿔 놓았다. 그게 강산도 변한다는 10년 세월이었다.

밀양에 갈 때마다 햇살에 눈이 자꾸 시려왔다. 우리가 살아가는 일상에서 전기를 빼고는 상상할 수 없는 게 삶이다. 그 자체를 부정할 수는 없다. 다만 그 필요조건인 전기를 만들고 공급하는 과정에서 누구의 삶도 고통을 받아서는 안 된다는 것이다. 그게 공동체 삶이지 않을까? 송전탑으로 인해 삶이 파괴되고 자연이 훼손되고 누군가는 목숨까지 잃게 된다면 뭔가 잘못된 일임에 틀림이 없는 것이다.

입만 열었다 하면 민주주의요 공동체라고 떠들지만 정작 당사자들에게 피해가 가지 않도록 방법을 강구하고 충분하게 협의하고 비용이 좀 더 들어가도 사람이 살 수 있도록 정책을 입안하는 것이 민주주의요 공동체 삶의 근간이지만 실은 그 속에 돈만 생각하는 자본이 있고, 이기주의에 물든 인심이 있고, 나와는 상관없다는 외면이 있고, 대를 위해 소가 희생해야 한다는 민낯의 논리가 숨어있다. 이게 지난 10년간 밀양이었고, 대한민국 곳곳에서 일어나는 현상이다.

2014년 6월 11일 밀양에는 송전탑 반대 농성장 강제철거라는 행정대집행이 있었다. 법의 이름으로 자행한 학살과도 같았다. 경찰 20개 중대 2000여 명과 한전 직원 250여 명을 투입에 반대 농성장을 철거하는 과정에서 저항하는 시민단체 회원들과 수녀님 마을 어르신들이 처참하게 끌려가고 그 과정에서 부상하고 실신하고 아수라장이 따로 없었다. 하지만 정론을 내세운 중앙 언론 어디에도 우려의 목소리는 없었다. 이게 민주주의이고 법치주의이고 사람이 우선이라는 인본주의라고 말할 수 있을까?

언제 끝날지 모르는 이 처절한 아픔들이 밀양산과 밀양강에 어둠으로 내리고, 우뚝우뚝 거대한 괴물 같은 송전탑이 하늘을 찌르고 있다. 산은 어깨가 처졌고 구름마저 가던 길을 돌아간다.

촛불 한 자루라도 켜 들고 밀양역에 앉아 있었던 시간을 기억해 본다. 그저 작은 응원일 뿐이었다. 삶과 목숨마저 바쳐야 했던 할매 할매들에게 어떤 단어가 필요할까? 촛불 문화제 200회, 행정대집행, 공사방해란 미명하에 떨어진 손해배상, 연대, 작은 소망, 아름다운 밀양강, 화악산, 송전탑, 아픈 팔다리 허리 그보다 마음, 어떤 단어를 되뇌어 봐도 아픔이다. 상처다 밀양역에 동인들과 앉아 할매할배들이 정성들여 준비한 국밥으로 배를 채우고 막걸리로 가슴을 데워 촛불 한 자루 켜 본다. 연대의 가슴으로 작은 힘들이 모여 하나의 자리가 된 밀양역, 오늘도 할매가 간다.

외면의 시대

— 세월호

몰라!
정말 몰라?
어디로 사라졌을까
그 봄은

정말 몰라?
아지랑이는 감감
몇 날, 몇 밤이 강물처럼 흘러도
몰라!

몰라?
정말 몰라?

몰라!
정말 몰라!

그리움은 방향이 없다는 말
밖이 아니라

까무러치게 먼
안으로안으로 쌓여가는
나침반 바늘도 가리키지 않는

다시 봄이 와도
몰라!
아무도 몰라!
정말?

명암

갈 때 함께 갔다고 올 때 함께 오는 것은 아니다

희비극(喜悲劇)은 언제나 짊어진 짐의 무게와 같은 것

봄날 애채들이 서로 키 높이를 다툴 때만 해도 누가 알았겠나

태풍이 지나가는 길목에 떡하니 서서 파수꾼의 역할을 맡게 될지

앞서간 발자국이 지워지는 이유가 그래서 설명된다

역사의 그림자가 명(明)과 암(暗)으로 남아있듯

세월호는 한강의 기적과 나란히 서 있게 될지니

외면外面의 시대

한 생을 살다 보면 크든 작든 삶을 지배하는 명암(明暗)이 있기 마련이다. 잊을 수 없었던 순간, 그 순간의 기억으로 인해 천 길 낭떠러지를 헤매는가 하면 화수분 같은 열정으로 하루하루를 다시 세워나가기도 하는 것이다. 어찌 소중하지 않은 삶이 있겠으며 생사(生死)를 높낮이로 구분할 수 있겠는가.

오늘을 사는 대한민국 국민이라면 그 마음속에는 일제강점기와 해방공간 한국전쟁과 이데올로기시대 산업화와 일인독재시대 민주화 시대라는 질곡의 강을 숨 가쁘게 건너온 세대와 그 환경을 가까이서 간접적으로 경험한 세대가 불안한 동거를 하는 즉, 세대 간 틈이 어느 때보다도 확연한 시대라고 할 수 있다.

이러한 때에 일어난 세월호 침몰 사건은 국민 대부분 가슴에 트라우마로 남아 있지만, 일부가 보여준 외면에 대해, 외면을 넘어 냉소에 대해, 아픔을 함께하는 것이 아니라 상처를 조롱하기까지 하는 일부 파렴치한을 제외한 국민 대다수는 2014년 4월 16일 이후 한 발짝도 나아가지 못한 채 시간이 멈춰버린 착각에 빠져 살았다고 해도 과언이 아닐 것이다. 이게 세월호 침몰이 가져다준 가장 큰 현상일 것이다.

세월호 침몰은 무슨 학술적 용어나 감성적 문장으로도 표현할 수 없는 안타까움을 넘어 왜, 라는 의문과 나아가 국가의 존재를 다른 시각으로 바라보게 되는 큰 계기가 되었다고 본다. 국민을 보호

해야 할 국가의 의무에 대해 의문을 넘어 분노할 수밖에 없었던 지난 1년을 어찌 몇 마디 말로 다 할 수 있겠는가.

이러한 시대를 나는 '외면의 시대'라고 부른다. 자식이 부모를 외면하고 앞선 세대가 후세대를 외면하고 이웃이 이웃을 외면하고 심지어 가족이 가족을 외면하는 시대라고 하면 너무 앞서가는 것인지 모르지만, 각종 끔찍한 뉴스를 접하지 않더라도 이건 현실인지 모른다. 한 인간의 삶 앞에 죽음 앞에 경건함보다는 냉소의 시선이 지배하는 시대가 외면의 시대가 아니면 무엇이란 말인가?

멀쩡하게 눈을 뜨고도 어찌할 수 없었던 그 시간을 있는 그대로 받아들일 때 흘리는 눈물이 진정성을 획득하는 것이라 믿는다면, 카메라 앞에서 흘리는 눈물이 악어의 눈물이 될 수밖에 없었던 것이 바로 차가운 외면에서부터 출발하지 않았을까?

이제 1년이 지났을 뿐이다. 그 날 이후 정부나 정부의 대변인이나 그들이 보여주었던 말과 행동이 어떻게 변해 왔는지 우린 똑똑하게 보고 느낄 수 있는 충분한 시간이 흘렀다고 본다. 진정성은 없고 악어의 눈물만 횡행한, 검은 가면만이 춤추는 광기의 시간이 지배하는 사회라면 앞으로도 희망이 없는 것 아닌가. 나와는 상관없거나 몰라도 되는 일 정도로 치부되는 세월호 침몰 사건이 언제까지 내 생에 트라우마로 남아 있을 것이다.

우리 주위에는 1년이 흐른 지금도 나는 '모르는 일', 나와는 '상관없는 일'이라고 고개를 흔드는 이들이 있는 것도 엄연한 현실이다. 그래도 나침반(羅針盤)은 방향을 잃지 않는다. 세월호는 언제까지나 내 가슴 속에 304명의 고귀한 생명을 안고 운항 중이다. 파도를 헤치며.

3부 갑과 을

갑과 을 3

— 계급

갑은 왕이고
을은 가마꾼이다

갑은 정당하고
을은 반칙이다

갑은 무단횡단이고
을은 일방통행이다

갑과 을은
물과 기름인 이 세상

갑과 을 4

—결재

며칠이 지나도록
입금 소식이 없다

월말에 마감을 잡고
한 달 보름을 안고 가는 결재이지만
나는 하루 벌이로 사는 것과 같은데

공장세 전기세 각종 공과금 등
입을 벌리고 차례 기다리는
저 독촉의 아우성들

다급해진 마음에 전화를 하면
조금만 더 기다려 달라 한다
그 조금이 한 달을 넘어가고

하루 벌이의 한 달 그 입을 막으려면
가족 위해 계산된 것들은 자꾸 동강 나고
빚의 후유증에 지인들은 멀어만 가고
은행의 잔기침에 집까지 흔들거리는

처방전 없는 이 반복의 생리통
아직도 하늘은 노랗고

갑과 을 5

— 블랙리스트

낯선 거래처에서 작업의뢰가 왔다
거래처가 늘수록 좋다는 생각에
덥석 물고 보는 것이 현실이다

첫 거래에 금액은 적고
해서
현찰 박치기해 준단다

두 번째는 금액이 조금 늘어난 만큼
결재도 조금 더 남고
세 번째는 미결재가 더 많이 남고
그다음엔 미결재 때문에
어쩔 수 없이 작업해 주어야 했고

밀린 금액이 많아져 아차 하는 불안
벼룩에 간을 빼먹고는
역시 소통 불가이다
잠수 탄 것이다

하여 같은 업종들끼리

또 다른 피해 막기 위해
서로의 공유로 조심한다고 하고 있지만

진화하는 수법 당할 수 없는
저 블랙리스트
도둑이다
아니 살인자이다

봄비 외 2편 · 최상해

봄비

늦은
봄밤
아나운서처럼
올케가
친정엄마
치매에 대해
조곤조곤
쉼 없이
쏟아내고
있다
긴
전화선을 타고
봄밤
봄비처럼
잘박잘박
한다

장수 비결 외 2편 · 배재운

장수 비결

그만둔다
그만둬야지 말만 하다
밥장사 십 년을 넘겼다

뭘 해야지
뭘 할까
캄캄한 불황 속
앞길도 깜깜해

오도 가도 못하고
주저앉자
희망도 욕심도 내려놓고 보니

귀향

가고 싶어 돌아가고 싶어
긴 그리움에 쌓여
휜 허리
마음은 활처럼 당겨
달려가고 싶어

지나가는 바람 소리
스쳐 가는 철새의 날갯짓에도
귀를 세우고
눈을 반짝이며
방향을 가늠하며

몸뚱이가 붉게 타들어 가는 냄비 속
마지막 순간까지
굽은 허리 팽팽하게 당겨
바람처럼 달려가고 싶었던
새우는

꿈에 그리던 그곳으로
돌아갔을까

새우처럼

새우등이 된 은이 외할머니도

북녘 고향으로

바람처럼 그렇게 달려 가셨는지

꽃기린

편지를 읽네
세월이 한참 지난 뒤
오늘에야
당신의 편지를 읽네

날마다 꽃을 피우며
내 눈길 잡아
당신이 애써 전하려 했던
암호 같은 편지
뭔 뜻인지 알 수 없어
눈밖에 두었다가 오늘에야 읽네

하는 일 잘되어
일 년 내내 웃음꽃 피우라는
숨겨둔 당신의 따뜻한 마음
오늘에야 읽네

고맙다는 답장도
미안하다는 말도
때늦어 차마 하지도 못한

당신의 편지 읽고 또 읽네

*꽃기린 : 관상용으로 많이 키우는, 사철 꽃이 피는 화초

악착같이 외 2편 · 이상호

악착같이

교통사고라도 났는지
음주단속이라도 하는지
고장 난 차라도 있는지
벼라 별 생각을 할 때
서서히 움직이는 차들

횡단보도 중간쯤
영감님 한 분
급하게 그러모은 듯 가슴에 안은 종이들
흔들리고 있는 불안한 몸

뒹구는 짐짝을 피하듯
악착같이 악착같이
앞으로만 달리고 있는 차들

잠시의 틈도 없이
달리고 달려야만 하는
불안의 시대

그 길 위에
쓰나미처럼 휩쓸린
내가 있다

반가운 전화

월요일 오후 느닷없이 걸려 온 전화. 가뭄에 콩 나듯 할까 말까 한 전화. "오, 아들!" 큰 소리로 부르니 대뜸 한다는 말. "어제 못한 아빠 전화기속 게임 오늘 할 수 있어요." 무슨 큰 기대를 가졌든 걸까? 사랑한다는 말, 힘내란 말이라도 기대했던 걸까? "아빠, 오늘은 빨리 오실 거죠?" 어떤 대답을 해야 할까? 평일에는 일한다고 얼굴 못 보고, 일요일만큼은 가족과 함께하기로 한 약속 어기는 사이, 아들은 아빠보다는 게임이 더 필요해졌을까?

분명히
아주
반가운 전화인데

맞교대

맞벌이하는 아내는 아침에 나가고
오후에 일 나가는 나는 아침에 자고

이야기할 부모가 없는 아이들은
양계장의 닭처럼 차려 놓은 밥상 위에서
묵언 정진 수행하듯 밥만 먹고 쫓기듯 학교에 가며

소가 되새김질로 하루를 버티듯
꾸역꾸역 하루를 새겨 가는데

저녁에 아이들 보듬고 달래며 보금자리 만드는 일은 아내가
아침에 아이들 인사도 건성으로 받아주고 세상에 보내는 일은 내가

마주 볼 일 드물어서
가정사도 맞벌이 맞교대

소나무 열차

그 어떤 티끌도 용납할 수 없는
단절된 밀실에
기적이 울리기를 기다린다.

병원 앞마당에
하늘을 향해 뻗은 소나무
푸른 깃발 신호가 펄럭이기를 기다리며
솔잎이 시곗바늘처럼 날카롭다

겉으로 짙푸른 빛 가다듬느라
진잎 품은 속 드러내지 않고
무거운 짐 줄줄이 열차같이 달고
아내는 열차가 되었다.

가파른 언덕을 오르고
사정없는 내리막을 곤두박질을 치고
달리고 달렸어도
어쭙잖은 기적 따윈 바라지도 않았다.

소나무 옆에서
하늘을 향해
처음이자 마지막 소원 같은 눈물을 훔치며
아내는 가느다란 기적을 울린다.

생과 사의 갈림길에 지아비를 실은 열차는
이대로 멈추지 말고 달리고 싶다고

막재

이승의 흔적을 쓸어 담는 요령소리
딸랑 딸랑 딸랑
뒤돌아보지 말고 가라고
먼 길 열어 앞소리를 울린다.

험한 길
가다가 가다가 갈아입으라고
달랑 하나뿐인 아들
옷 보따리 불구덩이에 던져질 때
타들어 가는 어미는 하얗게 재가 되어
불길에 펄펄 날아 뒹군다.

몸속에 열 달도
몸 비틀어 나은 날도
억누르지 못하는 어미의 오열이
온 절간을 울리며 하늘로 솟구친다.

달래고 다독이는 염불소리도
먼 길 이끄는 요령소리도
어쩌지 못하는

마지막 배웅이 사그라질 줄 모르고
재회의 끈을 움켜쥔
망부석처럼
기약을 하는 다짐이 굳어간다.

대밭에서

몸통이 잘리고도
한 뼘도 안 되는 대를 세우고
꼿꼿하게 버티며
엄동설한 굳은 땅속에
깊이 박고 번진 뿌리

망설이며 주저하는 사이
또 우후죽순처럼
마디마디 마다
다시 솟아오를 후회가 되어
서로를 움켜쥐고
걷잡을 수 없을 만큼
날마다 가슴을 죄어가며
깊이 뿌리를 내릴지도 모른다.

싸늘한 바람이어도 맞서
한 뼘도 안 되는
뿌리 깊은 잘못을 캐고 도려내는 것은
그리 간단한 일은 아니지만
쉬운 일이다.

서울 지하철 외 2편 · 정은호

서울 지하철

동굴 속을 기더도
하루를 살아야 하는
수천수만의 얼굴
눈썹을 그리고
립스틱을 바른다
지하에서
지상으로의 탈출

벽

포기하고 산다는 건
참 아픈 일이다

시를 쓰지 않고 산지가
얼마나 된 것일까
오늘은 원고 뭉치를 들고 도서관 간다

첫 시집을 내기까지
타올랐던
내 열정은 어디로 간 것일까

도망치듯
산에 미쳐
떠돌았던 시간들
저 산과 계곡
저 강과 바다조차
벽이었던 것일까

젊은 날
세상을 향해

단단한 짱돌을 들었는데

언제쯤
내 본연의 자리로 돌아갈 수 있을까

아직도
풀꽃 한 송이
노래하지 못하는
부끄러운 시인이란 말인가

고백

나는 조물주의 섭리대로
살지를 못했습니다
밥벌이를 시작하면서부터
밤에 일하고
낮에 잠을 자는
처음엔 느끼지 못했던
이십 년 삼십 년이 지나서야
생애가 아프기 시작했습니다
사람답게 살지 못했다는
슬픔이 밀려왔습니다
무엇을 위해 충혈된 눈으로
새벽을 맞이해야 했던 걸까요
내가 밤을 새우는 동안
아내와 아이들이
잠을 잘 수 있었던 것은 맞습니다
그러나
그러나
나는 사람답게 살았다 말할 수 없는 것입니다
돌아보는 삶이 애처로운 까닭입니다

비둘기

광장은 넓고요

광장은 언제부터 안전하고요

광장 밖에 사는 비둘기들도 언제부터 광장을 찾게 되었지요

광장이 안전하고부터 광장은 광장이 되었어요

안전한 광장에서 안전하지 못한 광장 밖에 대해 피켓을 들고 목소리를 높이는 이들이 늘어났지요

광장 밖에 살던 비둘기들도 광장 안에다 집을 짓기 시작했고요

누군가 던져주는 하루를 받아먹은 비둘기 가슴이 통통해지자 평화라는 지루한 꼬리표가 너덜너덜해졌지요

이젠 광장 안이 평화입니다

담 하나 없는 광장은 넓고요

광장이 너무 넓어서 목소리는 광장을 넘지 못한답니다

멀어지고 멀어지고 멀어져서 광장의 가장자리에 주저앉고 마는 목소리들

광장의 중심에는 비둘기만 남았어요

언제 적부터 그랬답니다

광장은 광장만의 광장이 되어가기 시작했어요

피켓은 한 곳에서만 흔드세요

단 한 사람이라도 국가는 보호할 의무가 있어요

당신은 위험한 사람입니다

이 광장 안에서만 집회를 허가합니다

당신도 국민이니까 국가는 당신을 보호해야 하니까요

대부분 광장 밖에 사는 사람들은 늘 피곤하답니다

그들의 저녁을 방해하지 마세요

광장 안을 선택한 건 권리에요

당신의 불만을 우린 충분히 이해합니다

즉 다시 말해 이 광장 안에서 마음껏 소리치세요

그것이 당신에게 주어진 권리입니다

저 비둘기들을 보세요

얼마나 평화롭습니까 무엇보다 안전하잖아요

이건 순전히 선택의 결과입니다

당신에게 행운이 있기를

표면장력

늦은 밤 가로등 불빛 따위 아랑곳없다는 듯

빗방울 내리꽂힌다

시멘트로 포장된 도로는 스스로가 표면(表面)이 된다

통 통 통 튀어 오르는 물방울

표면장력(表面張力)은 소금쟁이에게 물어봐야 한다

그 가늘고 보드라운 방수성의 털이 그의 생명이다

끊임없이 내리는 빗방울이 물의 표면을 딛고

다시 통 통 통 솟아오를 수 있는 것도

빗방울의 표면에 방수성의 가는 털이 있기 때문이다

이 밤 한없이 무너지는 마음의 끝은

마음을 받아줄 표면이 없다

뜀틀의 발판처럼 딛고 사뿐 솟아오를 수 없는 것은

봄비에 젖어 통 통 통 되살아나는

후회(後悔) 때문이다

부부

내가 내 등을 만질 수 없는 것은 운명처럼 잔인한 일이다

몸 구석구석 문지르고 살피고 어루만지고

내 등짝만 내가 오롯이 만질 수 없다는 것은 잔인한 운명이다

그래서 부부는 운명이다

날마다 구두를 나란히 벗어놓고 죽는 연습을 하지만

죽는 한이 있어도 등은 볼 수조차 없다 그래서

몸이 먼저 알아차리고 무거운 짐을 지게 하였는지 모른다

누구에게도 보이고 싶지 않은 등

누구나 다 보는 등 정작 자신은 볼 수도 만질 수도 없는 등

등을 대지에 누이고서야 한몸이 되는

이 운명의 장난 같은, 내 기어코 오늘은 등을 만져 보리라

그래서 우린 부부 아니든가 부부는 등을 마주하고 서서

각자의 등을 보이지 않는 것인지 모르지만

내 등을 오늘은 꼭 만져 보리라 살살 쓰다듬어 보리라

부록
객토문학 동인지 및 기획 묶음 집 연보 및 현황

2000년, 새로운 세기가 시작되었지만, 노동자와 서민의 삶이 변한 것이라고는 날개 없이 추락하는 것이 유일한 변화라면 변화다. 첫 동인지 작업을 하는 과정에서 느꼈던 것은 이런 힘들고 어려운 환경 속에서 오히려 우리가 목소리를 낼 곳이 있지 않을까 하는 것에 더 관점이 있었던 것 같다. 동인 모두가 공장에 몸을 담고 있다 보니 자연히 동인지 제목이 이 힘든 시간 쉬지 않고, 잠잘 시간도 없이 돌아가는 삶의 궤적에서 잠시나마 쉬고 싶다는 것은 당연한 일이었다. 또한, 첫 동인지를 만들 때만 해도 우리 역시 기존의 동인이 가지고 있는 한계에서 벗어나지 못한 채 좁은 시각으로 출발하게 되었다. 남두현 선생의 도움이 컸다.

선생은 시집 해설에서 "80년대 후반 이 땅에도 본격적인 노동운동이 시작되면서 노동자들이 아닌 노동평론가들에 의해 노동자들은 자신들도 모르게 위대한 노동계급이 되어 사회변혁의 주체가 되었으며, 그로부터 십 년도 되지 않아 현실보다 이상이 구호에 따른 실천보다는 구호 자체를 바꾸기가 쉬웠기 때문에 노동계급을 운운하던 평론가들은 아침 안개 걷히듯 스러졌고, 갈 데가 없는 노동자"만 남았다고 진단했다.

1집 『오늘 하루만큼은 쉬고 싶다』, 도서출판 다움(2000)

동인 및 참여 시인

동인 : 문영규, 배재운, 이상호, 이한걸, 정은호, 표성배

참여시인 : 없음

작품 수

동인 : 문영규 10편, 배재운 9편, 이상호 10편, 이한걸 13편, 정은호 10편, 표성배 10편 (총 62편)

외부 : 없음

기획 및 의도

기획 : 없음

의도 및 방향 : 없음

기타 : 첫 시집을 발행하는 데 많은 도움을 주신 분이 남두현 선생이다. 남두현 선생이 시집의 해설에서 밝혔듯이 "이 책은 한 권의 시집이라기보다, 시골집 처마 밑 액자에 넣어둔 빛바랜 가족사진처럼 슬픔이자 아쉬움, 분노이자 기쁨인 우리의 현실을 드러내 주고" 있으며, 새로운 천 년이 시작되었지만 십 년 전 처음 동인을 만들어 고민할 때나 지금이나 변함없는 레일 위에 우리가 있을 뿐임을 말하고 있다.

2집은 우선 1집을 출간한 후 주위 분들의 많은 격려 속에 객토가 가야 할 길이 조금은 보였다고나 할까. 그 반증으로 바로 1년 만에 2집을 낼 수 있었고, 새로운 동인으로 80년대 마창 지역 〈고주박〉 동인으로 활동했던 이규석 시인이 합류하게 되었다. 제목에서도 알 수 있겠지만 시대를 대표하는 말이 아마도 '퇴출'이 아닌가 싶다. '퇴출'은 생존과 직결되는 말이다. 단순히 일자리를 잃는 것이 아니라 이 사회에서 설 자리를 잃는 것, 삶의 내일이 보이지 않는 것, 캄캄한 현실이 오히려 더 잘 보이도록 떠미는 것이 바로 퇴출이다. 한마디로 말해 출구가 보이지 않는 것이다. 1980년대 90년대를 거쳐 새로운 세기의 첫해라는 2000년이 지났지만, 여전히 희망퇴직, 정리해고, 수배, 구속이라는 이러한 단어가 유독 노동자에게만 따라붙는 것이 기이할 정도이지만, 어찌 보면 자본주의 사회에서는 당연한 일인지 모른다. 이러한 현실 속에서 우리는 문학에 대한 열정을 넘어 이 사회에 대한, 사람에 대한 열정을 문학이 나아가야 할 키워드로 잡았던 것 같다.

책머리에서 밝혔듯이 "가는 방법은 조금씩 다르지만 단 한 가지 같은 것"은 "생존입니다. 생활입니다. 희망입니다."라고 말하고 있다.

2집 『퇴출시대』, 도서출판 삶이 보이는 창 (2001)

동인 및 참여 시인

동인 : 문영규, 배재운, 이규석, 이상호, 이한걸, 정은호, 표성배

참여시인 : 없음

작품 수

동인 : 문영규 10편, 배재운 9편, 이규석 9편, 이상호 10편, 이한걸 9편, 정은호 10편, 표성배 10편 (총 67편)

외부 : 없음

기획 및 의도

기획 : 없음

의도 및 방향 : 없음

기타 : 시집 해설에서 시인이자 기자인 김훤주 시인은 이 동인지의 시들을 "시를 껴안고 사는 사람들의 노래"라고 했다. 시를 껴안고 산다. 시가 삶을 굴려가는 힘이다. 시와 삶이 다르지 않다. 한 마디로 삶의 시라고 해도 무방할 것이다. 이는 해설에서 "시를 쓰는 사람(노동자)들의 마음"은 어떠해야 하는가? "삶이 곧 시이고 시가 곧 삶이 되는 정직성에서부터 출발해야 감동이 있는 작품이 나올 것"이라고 하는 부분에서 알 수 있다.

3집은 2집을 출간한 후 민족문학작가회의 경남지회 회원으로 가입하여 활동의 폭을 넓히고 동인 개개인의 문학에 대한 성과물이 나오기 시작했다고 봐도 될 것이다. 이미 2001년에 배재운 동인이 〈전태일문학상〉을 받았고, 이어 표성배 동인이 시집『아침 햇살이 그립다』를 상재했으며, 이어 2002년에 문영규 동인이 『눈 내리는 저녁』을 상재하게 된다. 동인 개개인의 역량이 축적됨으로써 동인 전체에게도 활력을 불어넣는 상호작용을 하게 되었다. 3집은 제목에서부터 알 수 있지만 우리네 삶은 여전히 햇빛을 보지 못하는 삶이지만 세상은 변화의 중심에서 우리에게 자신들이 원하는 방향으로 변화할 것을 강요하고 있다. 그 변화의 틀에 끼지 못하면 가차 없이 추려내는 시대가 이 시대가 아닌가 한다. 서문을 인용해 보면 "우리는 용케 살아 오늘도 현장에서 일하고 있다"라고 할 정도로 목숨이 있어도 붙어있는 게 아니다. 동인들의 삶도 변화를 겪게 되는데 배재운 동인이 희망퇴직을 하게 된다. 그리고 처음으로 경상남도 문예진흥기금을 받아서 동인지를 묶게 되는데 이 또한 변화일 것이다.

3집 『부디 우리에게도 햇볕정책을』, 도서출판 갈무리 (2002)

동인 및 참여 시인

동인 : 문영규, 배재운, 이규석, 이상호, 이한걸, 정은호, 표성배

참여시인 : 없음

작품 수

동인 : 문영규 10편, 배재운 9편, 이규석 9편, 이상호 10편, 이한걸 9편, 정은호 10편, 표성배 10편 (총 67편)

외부 : 없음

기획 및 의도

기획 : 없음

의도 및 방향 : 없음

기타 : 이응인 시인은 시집 해설에서 "이제 노동문학은 80년대 추억의 사진첩 속으로 사라져 버린 듯이 취급되고 있다"며 "이런 현실 속에서도 문학에 대한 열정을 사르고 있는" 객토에 대해 "동인들은 이미 서로를 향해 열린 창을 하나씩 가지고"있는데 "지금까지 나는 그 창문 너머를 흘끔흘끔 엿보았을 뿐"이라고 하지만 실상은 객토가 좀 더 넓은 마당으로 나갈 수 있도록 손을 잡아주어 문학의 연대가 무엇인지 알려주는 하나의 계기가 되었다. 즉 이응인 시인에 의해 경남작가회원으로 활동하게 됨으로써 문학의 폭이 좀 더 넓어졌다고 본다. 그는 "일하는 사람의 연대감"이란 "저 썩은 물결에 휩쓸리지 않는 건강한 몸과 마음"이라고 말하고 있다.

세 번째 동인지를 출간하고 우린 고민을 하게 된다. 우리가 왜 문학을 하는가. 또 문학이란 무엇인가. 이런 원론적인 고민은 개개인에게 맡겨두고 〈문학동인〉이란 어떠해야 하는가 하는 물음에서 길을 찾고자 했다. 즉 기존의 동인처럼 동인만의 폐쇄적인 활동과 그 결과물을 계속 내는데 문제의 본질이 있다고 보고, 어떤 첨예한 사회 현상에 대해 동인 전체가 한목소리를 내고 그 일에 다 같이 고민하고 연대하는 동인으로 거듭나는 것에서 길을 찾은 것 같다. 그것의 일환으로 2003년 1월 9일 자본의 손해배상과 해고에 항거하다 분신 사망한 배달호 노동열사의 추모시집을 기획하게 된다. 이런 기획을 해 본 경험도 없이 오직 우리가 우리 지역에서

일어난 일이니까 선뜻 나설 수밖에 없는 무슨 책임감과 의무감 같은 것에 의해 시작하게 되었고, 전국의 노동시인이라는 이름을 달고 있는 분들과 경남작가회원들을 중심으로 기획 의도를 설명하고, 기획 작품을 받아서 나온 것이 바로 배달호 노동열사 추모시집『호루라기』이다. 이 기획 시집을 출발점으로서 좀 더 확장된 시각과 적극적인 참여 그리고 우리가 무엇을 고민하고 그 고민의 결과물까지도 책임지는 동인으로 거듭날 수 있었다고 본다.

기획시집『호루라기』, 도서출판 갈무리 (2003)

동인 및 참여 시인

동인 : 문영규, 배재운, 이규석, 이상호, 이한걸, 정은호, 표성배

참여시인 : 강웅표, 김영주, 김해자, 남상규, 문동만, 박상경, 박종국, 손상열, 안윤길, 오도엽, 유동렬, 이만호, 이상순, 이응인, 장유리, 정규화, 조혜영, 차준국

작품 수

동인 : 동인 각 5편 (총 35편)

외부 : 각 1편 (총 18편) (합 53편)

기획 및 의도

기획 : 배달호 노동열사 추모

의도 및 방향 : 열사의 삶과 고뇌, 목숨을 던질 수밖에 없었던 현실, 열사께서 그런 극단적인 선택을 할 수밖에 없었던 이 사회 현실을 고발해 내고자 하였다.

기타 : 전국의 노동 시인들과 지역의 관심 있는 분들께 원고를 청탁하고 그 결과물을 받아 보고는 심이 낙담하였다. 소위 이름 꽤 날리는 이들은 누구도 쉽게 작품을 보내오지 않았다. 그 무관심 속에서도 선뜻 고민하고 참여해 주신 분들이 진정한 삶의 시인들이라고 우린 그분들께 감사했다. 또한, 이번 기획을 하면서 우리 역시 동인 한 사람이 다섯 편의 작품을 만든다는 것이 얼마나 힘들고 가슴을 쥐어짜게 하는지도 알았다. 특히 문학이라는 장치를 통해 걸러져 나오는 작품의 단계를 논하는 것도 의미가 있었다. 다만 그 의도만을 놓고 본다면 이 기획 시집은 〈객토〉를 한 단계 더 깊고 넓게 만드는 계기가 되었음을 확신한다. 그리고 우리가 나갈 길을 찾았다고 해도 무방할 것이다. "출근을 해도 재미가 없다. 해고자 모습을 볼 때 가슴이 뭉클해지고 가족들은 어떻게 지내는지"라고 유서를 남긴 배달호 열사의 모습을 떠올려 본다.

4집을 통해 앞선 기획시집의 의도를 살려 동인들 전체가 하나의 목소리를 낼 수 있는 기획을 하게 되는데 그 첫 번째 기획이 〈이라크전쟁과 반전(反戰)〉이다. 이라크에 대한 미국의 침략전쟁을 보면서 놀라지 않을 수 없었다. "잠재한 위협에 대한 선제 공격"이라는 억지를 내세운 미국의 패권주의, 군사주의, 민족주의 그리고 미국의 오만방자함에 동인들은 미국의 이라크 침공을 반대하고 평화를 옹호하는 주제를 선택하게 된다. 우리 발밑을 살펴보면 더 큰 문제가 산적해 있겠지만, 책을 내면서 밝혔지만 "미국의 이라크 침공을 보면서 우리에게도 닥칠지 모르는 저 포성 소리에" 먼저 마음이 간 것 같다. 또한, 처음 동인만의 기획을 정하고 함께 토론하고 기획 의도에 맞는 작품을 만들어 내는 작업은 그리 쉬운 일은 아니었다. 다만 이런 과정을 겪으면서 동인 서로 간에 공감대를 더욱 공고히 하는 결과를 가져오게 되었다. 물론 이 사회 곳곳을 바라보는 시각의 초점도 의도했든 의도하지 않았든 첨탑처럼 날카로워져 가고 있었다. 그리고 4집을 통해 박만자 시인이 동인으로 함께 활동하게 되었다.

4집 『그곳에도 꽃은 피는가』, 도서출판 불휘 (2004)

동인 및 참여 시인

동인 : 문영규, 배재운, 박만자, 이규석, 이상호, 이한걸, 정은호, 표성배

참여시인 : 없음

작품 수

동인 : 동인 각 10편, 배재운 9편, 박만자 3편 (총 72편). 기획시 각 2편, 박만자 1편 (총 15편) 합(87편)

외부 : 없음

기획 및 의도

기획 : 이라크 전쟁과 평화(반전)

의도 및 방향 : 세계에서 유일하게 남아 있는 분단된 국가, 냉전의 한가운데 우리는 살고 있다. 이런 태생적 한계가 우리를 제국주의에 의해 저질러지는 전쟁을 반대하고 평화를 옹호하게 한다.

기타 : 4집을 내면서 우린 나름의 '문학'의 역할과 책무에 대해 많은 이야길 나누었다. 그리고 문학을 신뢰할 수 없다 할지라도 문학에 몸을 의탁한 이상 문학을 신뢰하고, 신뢰를 바탕으로 문학에 대한 소명을 다 함께 져야 한다는 것에 방점을 찍고 보니, 동인 내부적으로 많은 어려움이 있었다. 이번 4집을 계기로 우린 1년간의 공백기를 두게 되고 이한걸 동인이 객토를 떠나게 된다. 아쉽지만 하는 수 없는 일이다. 특히 기획과 관련하여 한국전쟁이라는 동족상잔의 비극을 안고 있는 이 땅의 시인으로서 어떠한 전쟁이든 전쟁을 반대하는 목소리를 내는 것은 당연한 일일 것이다. 그 전쟁이 이 땅이든 저 멀리 지구 어느 곳이든 무슨 상관이랴.

5집을 2년 만에 묶는다. 4집을 묶고 내부적으로 〈객토〉의 정체성에 대한 토론을 했다. 일상적 토론이었다. 4집 이후 이한걸 동인이 떠나갔다. 누구의 잘못도 아니다. 문학은 언제 어느 때고 사회의 현실에 대해서 눈감을 수 없다. 그렇게 해서도 안 된다. 현실에 바탕을 두지 않는 문학은 문학이되 공허한 헛발질일 것이다. 이건 몇 권의 동인지를 통해 우리가 왜 이 길을 걸어가는지가 분명하게 보이기 때문이다. 나라 안팎이 어수선하기 그지없는 2006년 일본은 독도를 자기네 땅이라며 억지 주장을 펴고, 주장을 뒷받침하는 거수기들을 동원하여 세계의 눈을 가리기에 급급하다. 5집에 기획을 잡으면서 그냥 전쟁을 반대하고 평화를 옹호하는 넓은 의미의 평화가 아니라 우리 조상들이 얼마나 평화를 갈구했는가 하는 문제에 초점을 맞추어 몽골의 침입에 대항해서 평화를 염원하며 한 자 한 자 칼로 새겨 넣었던 〈팔만대장경〉을 통해 평화를 이야기하자는 기획을 잡았다. 평화는 그냥 오는 것이 아니라 마음 저 깊숙한 곳에서부터 우러나는 것이다. 시집 제목이 『칼』인데 칼은 평화와는 반대 개념이다. 그렇지만 우리 조상들은 이 칼끝을 상대의 가슴에 겨누는 것이 아니라 내 안으로 녹여 전쟁이 아니라 평화를 길러 냈다. 동인은 다시 한 번 심기일전하여 우리가 처음 걸었던 그 숲을 잊지 않기로 남은 손들을 잡았다.

5집 『칼』, 도서출판 갈무리 (2006)

동인 및 참여 시인

동인 : 문영규, 배재운, 이규석, 이상호, 정은호, 표성배

참여시인 : 없음

작품 수

동인 : 동인 기획 시 각 편, 박만자 미 (총 12편). 동인 일반 시 각 8편, 박만자 미, (총 48편), 합(60편)

외부 : 없음

기획 및 의도

기획 : 칼과 평화 (팔만대장경)

의도 및 방향 : 전쟁을 상징하는 칼과 평화를 염원하는 팔만대장경, 이 두 개의 모순된 접점에서 우리 조상들이 얼마나 평화를 갈망하고 옹호했는가, 뾰족하고 날카로운 칼로 팔만사천의 글자(법문)를 오직 평화와 안녕만을 갈구하며 새겼던 조상의 진정성에 한 발이라도 가까이 다가가 보자.

기타 : 동인지를 묶으면서 기획을 정하고 그 기획을 기획다운 기획 작품으로 만들어 내는 것은 앞으로도 유효할 것이다. 이 기획 시리즈만이 객토가 가진 유일한 특허품인지도 모른다. 그렇다면 혹자는 반문할지 모른다. 왜 하필이면 객토는 하고 많은 이 사회 현상 중에서 "전쟁과 평화"를 두 번에 걸쳐 기획으로 선택했는가? 그렇다. 객토는 이미 우리 사회의 양극화 문제 노동자와 자본의 비현실적 구조를 몸 속에 기본으로 가지고 있으므로 좀 더 넓고 근원적인 문제에 대해 기획을 잡을 필요가 있지 않을까 한다. 속된 말로 비정규직 문제나 여성문제 폭력문제 교육문제 이런 일련의 문제는 우리의 문학이 가야 할 일상의 일이기 때문이다. 성기각 시인은 시집 해설에서 "민중 시의 시대가 갔다고 하지만, 객토동인들의 작업이 소중한 것은 여전히 노동자의 현실은 모순으로 점철된 사회 구조와 맞닿아 있다는 점에서" 아직도 유효하다고 한다. 맞는 말이다. 우리는 아직 80년대 90년대를 살고 있기 때문이다. 몸은 그렇게 살고 있지만, 정신은 시대를 넘어 근원에 대한 탐구 또한 게을리할 수는 없지 않는가?

2007년은 격동의 시기였다. 권력을 향한 부나방들이 국민의 눈을 가리기 시작했고, 밀려드는 신제국주의 국가들의 개방 압력에 마지막 목숨 줄인 쌀마저 개방하지 않을 수 없게 된다. 이러한 환경 속에서 객토는

〈한미 FTA 반대와 쌀〉을 주제로 한 기획시집을 기획하게 된다. 2003년 배달호 노동열사 추모 기획시집 이후 두 번째 기획시집이다. 쌀은 수 천 년 전부터 인간의 뼈이고 살이다. 오늘도 들녘을 풍요롭게 하는 쌀, 버리려야 버릴 수 없고, 떼려야 뗄 수 없는 쌀과 인간, 인간과 쌀 사이에서 우리는 겸허한 마음으로 이 기획시집을 엮었다. 이번 기획시집에 박종국, 서영숙 수필가가 함께 동인으로 참여하게 되었다. 또한, 활동을 중지했던 이한걸 수필가 역시 함께하였다.

멀리 강원도에서 서울에서 광주에서 대한민국 곳곳에서 여러 시인이 손을 잡아 주었다. 우린 동지고 앞으로도 그럴 것이다.

기획시집 『쌀의 노래』, 도서출판 갈무리 (2007)

동인 및 참여 시인

동인 : 문영규, 배재운, 박만자, 박종국, 서영숙, 이규석, 이상호, 정은호, 표성배

참여시인 : 고영서, 고증식, 권혁소, 김영곤, 노민영, 맹문재, 문동만, 박구경, 박덕선, 박영희, 박일환, 서은, 서정홍, 신은립, 양곡, 오인태, 유동렬, 이소리, 이월춘, 이응인, 이한걸, 정규화, 정선호, 조혜영, 황규관

작품 수

동인 : 동인 기획 시 각 2편, 박종국 1편, (총 17편)

외부 : 고영서, 권혁소, 김영곤, 노민영, 맹문재, 문동만, 박영희, 서정홍, 이한걸 각 2편, 황규관, 조혜영, 정선호, 정규화, 이응인, 이월춘, 이소리, 유동렬, 오인태, 양곡, 신은립, 서은, 박일환, 박덕선, 고증식 각 1편 (총 34편), (합 51편)

기획 및 의도

기획 : 한미FTA 반대와 쌀을 중심으로

의도 및 방향 : 식량 주권이라는 말은 사문화된 말이 아니다. 특히 우리나라처럼 쌀이 주식인 나라는 더더욱이 그렇다. 소련이 무너진 것이 바로 옥수수 때문이라는 것은 누구나 알고 있다. 소고기 소비와 직결되는 것도 옥수수라는 것은 아는 사람은 다 안다. 개방화 세계화의 물결 속에 그래도 식량 주권회복은 민족공동체의 회복이며 최소한의 삶을 보장받는 기본이다.

기타 : "민생안정, 빈부 격차 해소, 비정규직 정규직화, 노인복지, 실업구제 등 너무나 많은 것들이 우리 주변에서 꼭 이루어 내야 하고 지켜야 할 것들"이다 그러나 그중에서도 농업, 즉 쌀을 지켜 내는 것은 어느 무엇보다 중요한 일이다. 세계화 개방화로 휩쓸려 떠내려가면서 우리는 앞으로 닥칠 한칠레 FTA, 한아시아 FTA, 한미 FTA, 한유럽 FTA 등 줄줄이 이어지는 농업 농촌뿐만 아니라 우리 경제 전 분야에 걸쳐 수 만여 품목이 외국에서 밀려올 것이다. 양면의 날이 될 수밖에 없는 이 세계화의 물결 앞에 그래도 식량만은 지켜 내야 하는 것 아닌가 "식량 주권" 이라는 말은 이미 현실화된 지 오래지만 다만 우리가 느끼지 못할 뿐이다. 이번 기획시집은 좀 더 깊이 있고 폭이 넓어졌다. 참여 시인들이 그것을 대변하고 있다.

6집은 동인 내부적으로 문학의 질에 대한 성찰이 주를 이루었다고 본다. 2000년 첫 동인지 묶음 집을 내고부터 문영규, 이규석, 이상호, 정은호, 표성배 동인이 개인 시집을 묶어 냈으며, 그 이후 개인의 문학적 발전과 함께 동인 전체가 가야 할 길을 모색하는 것은 자연스러운 것인지 모른다. 그리고 노민영 시인이 동인으로 함께 합류하면서 동인의 직업이 좀 더 넓어지는데, 물론 넓게 보면 다 같은 연관성 위에 있지만 배재운 동인이 식당일을 계속하고, 이상호 동인이 산업재해로 인해 자동차 정비공의 일을 접고 학원 일을 하게 되었으며, 박만자 동인 역시 웅변 학원을 경영하고, 함께 동인으로 활동하게 된 노민영 동인 역시 생산 현장이 아닌 독서실을 운영하고 있다. 이렇게 놓고 보면 객토가 단적으로 공장이라는 임금 노동자에서 분화되는 과정을 볼 수도 있겠다. 이렇다 보니 자연히 문학의 소재는 더욱 다양화되고 그 다양화된 구성원들에 의해 객토는 또 한 번의 변화를 겪게 된다. 아무리 변해도 근본이야 어디 가겠는가. 제6집은 그런 의미에서 새로운 기획을 두지 않고 각자가 처한 위치에서 각자의 삶의 문학을 표현해 보고자 하였다. 그리고 밀양문학회 회원을 초대 시로 모시면서 문학을 통한 연대를 계속 모색해 나가기로 하였다.

6집 『가뭄시대』, 도서출판 갈무리 (2008)

동인 및 참여 시인

동인 : 노민영, 문영규, 박만자, 배재운, 이규석, 이상호, 정은호, 표성배

참여시인 : 밀양 문학회원 초대 시 / 이응인, 이승주, 이양숙, 임미란

작품 수

동인 : 노민영 6편, 문영규 10편, 박만자 6편, 배재운 7편, 이규석 10편, 이상호 7편, 정은호 7편, 표성배 10편 (총 63편)

외부 : 초대시 각 2편, (총 8편), (합 71편)

기획 및 의도

기획 : 없음

의도 및 방향 : 없음

기타 : 기획 시를 대신해서 외부 문학단체와의 교류를 통한 외연의 확대 및 문학의 연대를 위해 밀양에서 활동하는 〈밀양문학회〉 회원들의 시를 초대 시로 모셨다. 시집 해설에서 서정홍 시인은 객토문학 동인들을 동지라고 부른다. "이 험난한 세상살이에서 아직도 시를 놓지 않고 시의 길을 걷고 있기 때문이며 스스로 가난하게 살아야 하고 스스로 외롭고 쓸쓸한 길을 걸어야 하는 게 시인의 길인 줄 알면서 그 길을 여태 붙들고 있기 때문이라고 한다." 어찌 보면 우직하고 믿음직스럽지만 여기는 자본주의 사회라는 것을 인식하는 순간 바보처럼 보일지도 모른다. 그래도 우린 이 길을 걸어가게 될 것이다. 노민영 시인의 합류로 객토의 식구가 늘고 좀 더 폭이 넓어졌다.

7집, 2009년이다. 2009년은 무슨 기획이 필요한가? 이 사회 전체가 온통 뒤죽박죽인 것을 "어느 시대를 막론하고 붓이 분노하지 않았던 때가 있었던가?" 오히려 "분노하지 않는 붓이 우리를 분노케" 했는지 모른다. 다 들추어낼 수는 없지만 몇 가지만 열거해 보면 이게 어찌 국민을 위한 정부인가? 사람에 대한 예의인가? 어찌 분노하지 않을 수 있는가? 멀쩡한 강을 파헤쳐 흐르는 물을 막아 댐을 만들고 배를 띄우겠다고 우기지를 않나 비정규직을 위한답시고 비정규직을 더욱더 나락으로 떨어뜨리지를 않나 국민을 상대로 군사 작전을 펼친 쌍용자동차 정리해고, 용산참사 문제, 김수환 추기경, 노무현 김대중 대통령의 서거 등 이 사회가 하루아침

에 폭삭 주저앉을 것 같은 일들이 모두 2009년에 일어났다. "분노하지 않는 붓이 우리를 분노하게 한다. 이 말 앞에 오늘, 우린, 자유롭지 못하다." 이 자유롭지 못한 사람들이 모여서 7집을 엮었다.

7집 『88만원 세대』, 도서출판 두엄 (2009)

동인 및 참여 시인

동인 : 노민영, 문영규, 배재운, 이규석, 이상호, 정은호, 표성배

참여시인 : 여수 김양일 시인, 일산 김영수 시인, 경남작가 노창재, 박덕선, 박구경, 양곡, 염민기, 오인태, 이월춘, 최상해, 하재청, 허영옥 시인

작품 수

동인 : 동인 각 5편, 이상호 2편 (총 32편)

외부 : 초대 시 각 2편, (총 24편), (합 56편)

기획 및 의도

기획 : 붓의 분노

의도 및 방향 : 분노하지 않는 붓은 붓이 아니다. 이게 방향이다.

기타 : 시집 해설 대신 〈시와 문화〉 2008년 겨울 호에 게재한 "객토가 걸어온 길 -삶과 문학의 경계에서"를 재수록 하였다. 사실 무슨 다른 설명이 필요치 않은 2009년이다. 우린 분노했고, 우린 슬퍼했다. 그래도 삶을 놓아 버릴 수는 없지 않은가? 여기에 또 한계가 있는지 모른다. 여수의 김양일 시인은 바쁜 몸이지만 출판기념회자리에 직접 찾아 주셨다. 그 고마움을 달리 표현할 방법이 없다. 그래서 늘 빚을 지고 산다. 언젠가는 우리가 다 갚고 갚아야 할 짐이다. 또한, 경남 작가회원들 중 늘 객토를 격려하고 함께 길을 나서 그늘이 되어주는 많은 분께도 늘 고맙다.

8집은 '양극화'에 초점을 잡았다.

이제 양극화는 우리 삶의 곳곳 속속들이 파고들어 삶의 질을 파괴한 지 오래되었다. 이런 양극화의 문제는 이미 20대 80의 사회가 아니라 10대 90의 사회라고 비아냥거리는 목소리가 오히려 당연하게 들린다. 대한민국의 사회 구조가 이미 헤어날 수 없는 곳까지 내려앉아 굳어 버리지나 않았나 의심이 들 정도다. 이러한 현실에서 시인이 해야 할 것은 무엇

일까? 서문에서도 밝혔듯이 "한진중공업 정리해고를 반대하며 한 노동자가 35m 크레인 위에서 260여 일이 지나도록 내려오지 못해도 이 사회는 꿈적도 하지 않는 것이" 그 적나라한 현실이다. 이러한 사회의 구조 앞에 우리는 작으나마 "양극화"라는 것을 다시 한 번 되새기고 시인으로서 현실의 삶을 되돌아보는 계기로 삼고자 한다. 모든 현장이 시의 출발점이라는 것은 누가 말하지 않아도 객토 동인이라면 몸으로 느끼고 있다. 실천이란 한 발을 들여놓는 것에서부터 출발한다. 그 선상에 우리가 서 있기를 늘 스스로 채찍질하고 있다. 그게 〈객토〉다. 그리고 8집을 계기로 오랫동안 옆에서 객토를 지켜봐 왔던 경남작가회원인 박덕선 시인과 허영옥 시인 그리고 최상해 시인이 동인으로 합류하였다. 무엇보다 기쁘다. 객토는 점점 제자리를 잡아갈 것이다. 확신한다. 일 년을 쉬었다. 그 보람이 8집에 고스란히 담겨 있다.

8집 『각하께서 이르기를』, 도서출판 갈무리 (2011)

동인 및 참여 시인

동인 : 노민영, 문영규, 박덕선, 배재운, 이규석, 이상호, 정은호, 최상해, 표성배, 허영옥
참여시인 : 청주 〈엽서 시〉 동인 / 김규성, 박원희, 배병무, 이원익, 이정섭, 이종수

작품 수

동인 : 기획 시 각 1편, 동인 일반 시 각 3편 (총 40편)
외부 : 각 2편, (총12편) (합 52편)

기획 및 의도

기획 : 양극화
의도 및 방향 : 20대 80 사회를 넘어갈수록 격차가 벌어지는 '삶의 질' 문제를 동인 각자가 처해 있는 환경에서 성찰하고 그 속으로 들어가서 함께 고민하고 부대끼는 작업을 해 보자는 의도임

기타 : 외부 문학단체와의 교류를 통한 외연의 확대 및 문학의 연대는 충분히 필요한 사업이다. 이를 위해 청주에서 활동하는 〈엽서 시〉 동인을 초대 시로 모셨다. 시집의 해설을 대신하여 지금까지 객토가 걸어온 길 〈삶과 문학 그 경계를 넘나들며〉를 이미

게재하였으나 새로운 동인이 늘어나면서 수정 보완하여 다시 기록 형식으로 써서 남겼다. 여전히 우리의 고민은 삶의 현장이다. 삶의 현장이 시이기 때문이다. 다만 거창에 문영규 동인의 몸 때문에 많은 사람이 걱정을 하고 있다. 걱정은 말 그대로 걱정일 뿐이지만, 어여 툭툭, 어제처럼 새벽길을 걸어가 주기를 동인 모두가 기원하고 있다.

9집은 우리 민족 공동체와 동고동락한 소가 처해 있는 현실을 통해 갈수록 어려움에 부닥쳐 있는 축산농가와 소가 걸어온 지난한 삶의 역사, 즉 소와 함께한 우리네 조상들의 삶을 되짚어 보고, 굶어 죽고 구제역으로 살 처분 되는 소의 수난을 고발하고자 기획으로 잡았다. 그리고 올해는 지금까지 형식적 또는 소규모로 기획한 시화전을 기획 작품을 중심으로 전시하게 되었다.

마산 노비산 꼭대기에 있는 마산 문학관 뜰에서 시화전을 가졌는데, 유독 바람이 기승을 부리는 통에 시화 속의 소들이 콧김을 내뿜고 성난 뿔을 휘두르는듯하여 볼수록 마음이 애잔했다. 그래도 많은 사람의 걱정과 격려 속에 무사히 시화전을 마칠 수 있게 되었다. 고마울 따름이다. (2012년 3월 24일부터 마산 문학관에서 '소' 기획 시화전을 2주간 열었다.) 그리고 고리원전에서 생산한 전기를 공급하기 위해 송전탑을 건설하는데 이 송전탑 건설 반대 투쟁이 밀양에서 7년 동안 이어지고 있었지만 우리는 아무것도 한 것이 없다. 미안하고 가슴 아프지만, 밀양문학회에서 주관하는 〈탈핵 희망의 시〉 시화전에 작품을 보내는 게 유일했다. 원전을 반대한다. 이 지구상의 모든 핵을 반대한다. 대체 에너지 개발이 어느 때보다 절실히 요구되는 시점이다. 작지만 시 한 편씩을 내어서 동참함으로 스스로 위안거리를 만들었다. 밀양 화악산 송전탑 건설 반대 농성장에서 용산참사를 다룬 다큐멘터리영화 《두 개의 문》이 상영 되었는데 작은 발걸음을 하기도 하였다. 그게 전부다.

9집 『소』, 도서출판 갈무리 (2012)

동인 및 참여 시인

동인 : 노민영, 문영규, 박덕선, 배재운, 이규석, 이상호, 정은호, 최상해, 표성배, 허영옥

참여시인 : 강명자, 김영곤, 박구경, 박보근, 성선경, 양곡, 오인태, 오하룡, 이월춘, 이응인, 장인숙, 정선호, 최형일, 표시목(학생)

작품 수

동인 : '소' 기획 시 각 2편, '탈핵 희망의 시' 각 1편, 동인 일반 시 각 2편 (총 49편), 이상호 '소' 기획 시 1편

외부 : 초대 시 각 1 편, (총14편)

기획 및 의도

기획 : 소 (갈수록 피폐해지는 축산농가와 처참한 소)

의도 및 방향 : 산업화 때문에 파괴된 농촌의 실상은 사람이나 사람과 같은 가족으로 살아온 소의 삶을 변화시키기에 충분했다. 그 후 2012년 3월 15일 발효된 한미 FTA를 통해 밀려드는 미국산 소에게서조차 밀려난 우리 농촌과 축산농가의 현실을 소를 통해 고발해 내고자 했다.

기타 : 경남에서 활동하는 시인들의 동참을 통해 외연의 확대와 문학의 연대를 꾀하고자 했으며, 기획의 의도에 부합하는 더 많은 외부 시인들의 동참이 없어 안타까웠다. 그리고 7년째 송전탑 건설을 반대하며 삶이 파괴되고 심지어 목숨까지 바치는 싸움을 하는 밀양시 5개면 주민들과 연대하기 위해 밀양문학회가 주최한 〈탈핵 희망의 시〉 시화전에 출품한 동인들의 작품 10편을 기획 시 형식으로 발표하였다. 그리고 작품 해설은 마산문학관 뜰에서 있었던 '소' 기획 시화전에 붙인 이응인 시인의 〈누렁소가 걸어온 길〉을 해설로 대신했다. 이응인 시인은 "모름지기 시인이란 이런 소의 말을 전할 수 있는 게 시인이다. 시인은 그의 영혼을 비워 속에다 소를 들여앉혀야 한다. 그런 다음 소가 하는 말을 세상으로 되돌려 주어야 한다. 여기에 이르고서야 비로소 시인이라고 말할 수 있지 않을까?" 한다. 이번 기획 '소'를 접하면서 과연 우리는 그런 영혼의 목소리를 듣고 전했는지 겸허히 반성한다.

10집은 탑을 통해 현대자본주의를 살아가는 사람들의 마지막 저항점, 더는 오르려야 오를 수 없는 정점, 마지막이라는 절박함에서 선택한 탑, 고독하고 외롭고 스스로 땅과 단절을 시킴으로써 자신의 삶을 표현해내고자 하는 약자들의 마지막 절규의 공간인 탑을 통해 현실과 맞서

는 사람들의 이야기를 표현하고자 했다. 올해는 문진금 지원을 받지 못함으로써 사업을 집행하는 데 어려움이 있었다. 그렇지만 경남작가의 행사와 연계해서 '소' 기획 시화전을 다시 한 번 의령 입산문화원에서 가졌으며, 특히 『탑』이 출간되고 출판사에서 마련한 집담회를 했다. 창원과 서울이라는 공간을 넘어 이 시대의 문제에 다 함께 공감하는 시간은 객토에도 큰 성과였다고 보인다. 그리고 역시 지역 여러 시인이 함께했다.

10집 『탑』, 도서출판 갈무리 (2013)

동인 및 참여 시인

동인 : 노민영, 문영규, 박덕선, 배재운, 이규석, 이상호, 최상해, 표성배, 허영옥

참여시인 : 김영곤, 김진희, 박구경, 양곡, 이월춘, 이응인, 장유리, 장인숙, 정선호

작품 수

동인 : '탑' 기획 시 각 2편 (총 18편), 일반 시 (총 32편), 이상호, 노민영, 박덕선, 최상해 각 3편, 문영규, 배재운, 이규석, 표성배, 허영옥 각 4편, 〈나의 시 나의 삶〉을 통해 '나는 왜 시를 쓰는 가' 짧은 산문 각 1편

외부 : 초대 시 각 1 편, (총9편)

기획 및 의도

기획 : 탑 (밀양 송전탑과, 탑으로 상징되는 시대의 외침에 대해)

의도 및 방향 : 현대 자본주의를 살아가는 사람들의 저항의 상징이 되어버린 탑, 김진숙의 타워크레인을 비롯하여 전주 버스 사업장, 쌍용자동차, 유성기업, 현대자동차, 재능교육 등 곳곳에서 벌어지는 고공농성들, 생존을 위해 높은 곳으로 오를 수밖에 없는 시대의 외침

기타 : 올해도 경남에서 활동하는 시인들의 동참을 통해 조금이라도 더 탑이 가진 상징에 다가가려고 했다. 특히 밀양의 송전탑과 희망버스, 100회를 넘어버린 촛불집회의 기나긴 여정, 765kv 송전탑이 지역의 삶을 송두리째 바꾸어 놓은 현실, 그 현실 속에서 양극으로 치닫는 주민들의 삶, 송전탑을 반대하는 사람과 송전탑을 찬성하는 극과 극의 대립, 개인의 희생을 바탕으로 공동체라는 미명을 이어가려는 정부와 자본의 악랄함, 관변단체도 아니면서 관의 위치에 서 있는 무슨 무슨 단체들의 지지성명, 전국의 시선이 한 곳으로 모였지만 예외 없이 빈약한 연대, 더욱 설 곳이 없는 가난한 사

람들, 그리고 이러한 현실 속에서 "왜 시를 쓰는가"하는 근본적인 물음을 던질 수밖에 없는 동인들의 몸부림, 그 속에 시대의 고통을 함께 나누고자 하는 연대의 시들과 동인들의 목소리를 함께 담았다.

11집은 통일에 대해 생각하는 시간을 가졌다. 새해 벽두 박근 혜정부가 주장한 "통일 대박"이 얼마나 얼토당토 아닌 하나의 선전적인 구호인가를 적나라하게 밝히고 싶었고, 나아가 감상적 통일이 아니라 현실 가능한 통일에 대해 생각하고 고민해 보는 시간을 갖고자 했다. 특히 동인 각자가 처한(직업 등) 현실을 반영해서 현장의 목소리를 시로 승화시켜 내고자 했다. 역시 기획 의도에 맞게 초대 시를 청탁하였으며 지역을 넘어 전국의 여러 시인이 참여를 했다. 그렇다고 해도 역시 폭은 한 정 돼 있다. 청주의 이종수 시인, 인천의 최종천 시인, 대구의 박영희 시인, 광주의 고영서 시인 등이 함께해 준 것이 객토에 큰 힘이 되었으며, 무엇보다도 늘 함께 한 경남의 여러 시인께 고마울 따름이다.

11집 『통일, 안녕하십니까』, 도서출판 갈무리 (2014)

동인 및 참여 시인

동인 : 노민영, 문영규, 박덕선, 배재운, 이규석, 이상호, 최상해, 표성배, 허영옥

참여시인 : 고영서, 김양채, 김연희, 김영곤, 김진희, 박구경, 박영희, 양곡, 이월춘, 이종수, 이철산, 장인숙, 정선호, 조선남, 최종천

작품 수

동인 : '통일, 안녕하십니까' 기획 시 각 2편 (총 18편), 일반 시 (총 26편), 박덕선(2편) 나머지 (각 3편), 〈안녕하지 못한 통일에 대하여〉를 통해 동인 개개인이 가지고 있는 통일에 대한 생각을 서술

외부 : 초대 시 각 1 편, 이월춘 시인 2편, (총16편)

기획 및 의도

기획 : 통일 (감상적 통일이 아니라 현실 가능한 통일)

의도 및 방향 : 통일에 대해 깊이 생각해 보자. 사실 말은 "우리는 한 민족이니까 통

일을 해야 한다"는 것만 있고 실질적 통일에 대한 고민은 없었던 것 같다. 해서 감상적 통일이 아니라 현실적 통일에 대해 고민해 보고자 했다.

기타 : 박근혜 정부의 통일 대박론은 소가 웃을 일이다. 이명박 정권이나 박근혜 정권이 국민의 정부와 참여 정부의 통일에 대한 성과를 깡그리 무시하고 남과 북을 대결 상태로 몰아넣은 것은 주지의 사실이다. 그런 통일 정책을 국정운용의 기조로 삼았으면서도, 국민을 오도하기 위해 통일 대박론을 들고나온 것은 반민족적인 기만술이다. 행동은 한반도를 불안하게 하면서 입은 평화를 외친다는 게 상상이나 가는가. 지난 독재정권 시절엔 자연스러운 일인지 모르지만, 지금은 개가 웃을 일이다. 그래서 기획 초대 시 역시 이런 감상적 통일 시가 아니라 현실 가능한 통일 시를 초대 시로 받고자 하였다. 동인들 역시 각자가 처해 있는 현실을 반영한 통일 시를 쓰고자 하였다. 나아가 통일에 대한 동인 개개인이 가지고 있는 통일론을 써 보고자 하였다. 결국, 통일이 왜 안녕하지 못한가에 초점이 맞춰질 수밖에 없었다. 그리고 평사리 문학관에서 〈통일, 안녕하십니까〉 라는 주제로 시화전을 열었다.

〈객토문학〉 동인지 및 동인의 책

– 동인지 및 기획시집

제1집 『오늘 하루만큼은 쉬고 싶다』(도서출판 다움, 2000)
제2집 『퇴출시대』(도서출판 삶이 보이는 창, 2001)
제3집 『부디 우리에게도 햇볕정책을』(도서출판 갈무리, 2002)
제4집 『그곳에도 꽃은 피는가』(도서출판 불휘, 2004)
제5집 『칼』(도서출판 갈무리, 2006)
제6집 『가뭄시대』(도서출판 갈무리, 2008)
제7집 『88만원 세대』(도서출판 두엄, 2009)
제8집 『각하께서 이르기를』(도서출판 갈무리, 2011)
제9집 『소』(도서출판 갈무리, 2012)
제10집 『탑』(도서출판 갈무리, 2013년)
제11집 『통일, 안녕하십니까』(도서출판 갈무리, 2014년)
제12집 『희망을 찾는다』(도서출판 갈무리, 2015년)
배달호 노동열사 추모 기획시집 『호루라기』(도서출판 갈무리, 2003)
한미 FTA 반대 기획시집 『쌀의 노래』(도서출판 갈무리, 2007)

– 동인의 책

문영규 시집 『눈 내리는 저녁』(2002)
『나는 오늘 외출 중』(2014)
박덕선 풀꽃 이야기 『풀꽃과 함께하는 건강약초 126선』(2013)
배재운 시집 『맨얼굴』(2009)
이규석 시집 『하루살이의 노래』(2007)
이상호 시집 『개미집』(2007)
표성배 시집 『아침 햇살이 그립다』(2001)
『저 겨울산 너머에는』(2004)
『개나리 꽃눈』(2006)
『공장은 안녕하다』(2006)
『기찬 날』(2009)
『기계라도 따뜻하게』(2013)
『은근히 즐거운』(2015)